谨以本书献给

八一起义暨中国人民解放军建军九十周年

《八一诗选》编辑委员会

八一诗选

南昌爱国拥军促进会 编

主 编 陈正云

执行主编 朱仁凤

百花洲文艺出版社
BAIHUAZHOU LITERATURE AND ART PRESS

图书在版编目（CIP）数据

八一诗选 / 南昌爱国拥军促进会编 ；陈正云主编.
-- 南昌 ：百花洲文艺出版社，2017.5

ISBN 978-7-5500-2226-3

Ⅰ.①八… Ⅱ.①南… ②陈… Ⅲ.①诗集-中国-当代 Ⅳ.①I227

中国版本图书馆 CIP 数据核字(2017)第 094543 号

八一诗选

南昌爱国拥军促进会 编

陈正云 主编

出 版 人	姚雪雪
责任编辑	余丽丽
封面设计	王春霞
制 作	江西墨刻文化有限公司
出版发行	百花洲文艺出版社
地 址	南昌市红谷滩新区世贸路 898 号博能中心 20 楼
邮 编	330038
经 销	全国新华书店
印 刷	南昌市印刷四厂
开 本	720mm×1000mm 1/16　印张 39.5
版 次	2017 年 7 月第 1 版第 1 次印刷
字 数	800 千字
书 号	ISBN 978-7-5500-2226-3
定 价	88.00 元

赣版权登字：05-2017-266

序

冯玉茂

　　今年是南昌"八一"起义九十周年、中国人民解放军建军九十周年，南昌是中国人民军队的发源地，也是八一军旗升起的地方，作为一座有着光辉历史的英雄城，值此两个九十周年到来之际，为了让中华儿女牢记人民军队的光辉历史，弘扬八一精神，传承英雄基因，中共南昌市委、市政府在全市范围内，广泛开展了两个九十周年各种纪念活动，活动引起英雄城内外各界人民的热烈反响，各地纷纷进行了牢记历史、缅怀英烈的纪念活动。

　　《八一诗选》正是为了落实南昌市委、市政府纪念"八一"起义暨中国人民解放军建军两个九十周年活动部署，由南昌爱国拥军促进会主创，陈正云担任主编，朱仁凤担任执行主编的一部诗选。《八一诗选》自征稿以来，全国各地作者投稿踊跃，自征稿至截稿日，共收到896位作者来稿，诗歌稿件2600余首，其中年龄最大的作者已近八十岁，年龄最小的作者只有十二岁，且不乏名家、军旅诗人、全国各地活跃诗人。根据征稿主题确定的严格筛选、择优入选的原则，共选用三百余位诗人的作品，分为现代诗、旧体诗词、散文诗等几个部分。从征稿、编选到出版，历经一年零六个月。由于此次征稿活动意义重大，在全国诗歌界引起了很大反响，以至于征稿截止半年余仍有全国各地诗人陆续投稿。由此可见，弘扬八一精神，弘扬正能量，不忘老前辈在艰苦岁月中的流血、奋斗与牺牲，珍惜来之不易的幸福生活是人心所向，这也正是南昌市委市政府在全市范围内部署两个九十周年纪念活动的意义所在。

本诗选共有六百四十个页面，可想而知，其厚重及份量与编选、校对、出版工作的难度成正比。从目前来看，以"八一"命名的诗选在全国大概还是第一部，翻开诗选仔细阅读，里面不乏既让人热血贲张又有历史现场感以及思想深度的诗歌。当阅读一首首回放历史、浸满了祖国苦难以及充满情与泪的诗歌，脑子里便浮现曾经发生在中华大地的那些苦难岁月，浮现新中国诞生的艰难历程，那一个个为了全中国解放事业而献身的英雄们的形象便在眼前高大了起来。他们都是与我们骨肉相连的亲人，是一个个鲜活的生命，所不幸的是，他们生在那个特定历史背景下的苦难年代，为了苦难的祖国，为了今天的我们，他们流血、战斗、献出生命，他们是民族英雄，是中华人民共和国坚固的奠基石，今天，祖国不会忘记他们，人民不会忘记他们，在诗人们笔下，英雄们正一个个复活，他们拿起刀枪呐喊着、怒吼着冲向战场……

"八一"是中华民族的精神象征，它就像一座山峰屹立在亿万人民心中，因为有了崇高理想、信念和光辉思想的指引，充满革命斗志的人们才能在艰难困苦的环境中有战胜一切困难的超凡勇气，有在战场上冲锋陷阵、英勇杀敌的顽强斗志，有在敌人屠刀下慷慨就义、视死如归的英雄气概，一个民族一旦有了山的精神和山的意志，危难中的国家和民族才会有希望。《八一诗选》正是本着记住历史，不忘苦难，不忘革命先烈们用鲜血与生命换来的新中国的和平与安宁，为弘扬中华民族精神而问世，意在将全国各地诗人创作的中国革命历史、中国军魂题材的诗作甄选到一起，南昌作为中国人民军队的发源地，作为八一军旗升起的地方，部署编选一部有着纪念意义的民族魂诗选，这是一种必然的历史使命，也是历史责任，它将作为历史教材警示当下，留于后人，让中华子孙记住老一辈无产阶级革命先烈们在中华民族最危难时刻挺身而出、抛洒热血的献身精神，激励人们向先烈们学习，自觉守护前辈们在民族危险时期保家卫国、浴血奋战创下的基业，不忘初心，继承和发扬他们艰苦创业的精神，自觉自律保持艰苦奋斗的优良作风。

记住历史，记住曾经发生在中华大地上的民族苦难，不忘根本，珍惜当下，就是《八一诗选》问世的意义，也是生活在新时代的中华儿女需要牢记的。

祝福中华民族在以习近平总书记为核心的党的坚强领导下继续奋发图强，复兴中国梦！祝福伟大的祖国！

2017 年 4 月 23 日

（作者系江西省军区原司令员，中共江西省委原常委）

目录
CONTENTS

旧｜体｜诗｜词

散 | 文 | 诗

现代诗

XIANDAI SHI

雪马，本名孙进军，《艺术村》主编。毕业于毛泽东文学院，国际汉语诗歌协会理事，中国诗歌学会会员，湖南省作家协会会员，湖南省诗歌学会理事。著有诗集《我的祖国》等四部。

我的祖国

湖南 / 雪马

我的祖国
只有两个字
如果拆开来
一个是中
一个是国
你可以拆开来读和写
甚至嚎叫
但你不可以拆开
字里的人们
不可以拆开字里的天空
不可以拆开字里的土地
不可以拆开这两个字
合起来的力量
如果你硬要拆开
你会拆出愤怒
你会拆出鲜血

简明，转业军人，《诗选刊》杂志社社长。著有诗集《无论最终剩下谁》《简明短诗选》等 9 部，长篇报告文学《千日养兵》等 5 部，评论集《中国网络诗歌前沿佳作评赏》等。获 1987 年《星星》诗刊全国首届新诗大赛一等奖，1989 年《诗神》全国首届新诗大赛一等奖；数次参加全国性诗歌节。

夜行军（外一首）

河北／简明

他们熟识：黑夜里的每一条河流

脚下的每一片开阔地，山川

以及山川之上的复杂气象

我知道，这些夜间的宏大事物

同样熟识他们：沉实的脚步

速度，耐力和朴实的叩问

他们与它们，有着太多的一致

外表粗粝，内心像天空一样布满未知

因为在夜里太久的缘故

口腔里，残留着浓郁的夜色

他们与它们，都对喧嚣和苍白

倍感陌生

我知道，一起出发的队伍中

有人掉队了

但我坚信

129 师的旗帜会在最高的山峰上

耐心等待，让奋力追赶上来的人
一眼就能看见红色
以及他们身后的……黎明

这样的会师，彼此都会
热泪盈眶！

在泥土里紧紧拥抱

所有的根，都在泥土里重逢
这些保家卫国的抗日勇士，倒下
又从泥土里重新站起
大地的宽怀，让他们破土
长成小树、大树
长成树的队伍

奖赏来得多么突然！谁也不曾设想
会有如此持久、深刻的拥抱
虽然少了胳膊，少了腿
停止了心跳，土地
一如既往地收留他们

至今,他们仍对这种知遇
心存感恩

地下的拥抱,终将长成地上的森林
如同鲜血,只有喷射出来
方能呈现它的沸点
以及红色的光芒

唐本年，残疾军人，在各刊物发表诗歌若干。

靶

湖北 / 唐本年

要么倒下
要么站立
面对着一双双眼睛
我不会弯腰屈膝

胸膛
一次次被洞穿
滴血的心
映出你虔诚的跪姿

要么倒下
要么站立
我以一种形象
频频震颤战士的思维

王志明，中共党员，中国法学会会员。现任江苏省海洋渔业指挥部副指挥。2014年2月、2015年12月，作为中国海警编队副指挥员到钓鱼岛巡航，捍卫国家海洋主权；2014年6月至7月，随中国海警编队到南海西沙巡航，保卫981"深水钻井平台。作品散见《中国海洋报》《海洋与水产》等。

八一
诗选
BA YI
SHIXUAN

中国航母（外一首）

江苏 / 王志明

你承载着几代中国人的梦想
浩瀚的大海就是你的家乡
300万平方公里的蓝色国土任你遨游
18000公里的海岸线由你站岗

你就是中国航母"辽宁"舰
你庞大的身躯展现的是英武和雄壮
那宽阔的甲板就是你博大的胸怀
歼15战鹰就是你翱翔的翅膀

你的现任舰长叫张峥
一位文韬武略的指挥长
他指挥着航母编队纵横驰骋、劈波斩浪
在那辽阔的海疆上谱写着蓝色的乐章

实现中华民族伟大复兴的中国梦
我们必须要有强大的国防

中国海军要从蔚蓝走向深蓝
你肩负着中华儿女殷切的希望

期待未来的中国海军
还会有更多的国产航母列装
在那万里海疆的天空
歼20、歼31战鹰在高高飞翔

甲午的悲剧绝对不许重演
中华民族巍然屹立在世界东方
强大的中国震慑着一切来犯之敌
我们永远是维护世界和平的坚定力量

巡航钓鱼岛

钓鱼岛，我来了
我真的来了
虽然这是我们的第一次握手
你可知道——
我对你的关注已很久很久

你是东海的一颗璀璨明珠
是炎黄子孙最早把你发现和命名
在明代你就来到了祖国母亲的怀抱
你的身上流淌的是华夏血液
你的 DNA 里蕴含的是中国骄傲

甲午战争时日本将你窃取
从此你就像一棵无根的浮萍在风雨中飘摇
浪涛上不停传来你要回家的呼号
2012 年又上演闹剧"购岛"
日本对你的觊觎之心已是在目昭昭

二战后的国际和平秩序岂容颠覆
中华儿女捍卫你的意志绝不动摇
公布钓鱼岛及其附属岛屿标准名称
宣布领海基线
我们的维权巡航编队进入 12 海里领海把你拥抱

现在,我来了
我正在随维权巡航编队把你环绕
你挺拔的身姿是亿万华夏儿女的期待

你秀丽的风景是祖国大好河山的一角
那滚滚波浪是你在向中国海警挥手
那飒飒涛声是你在向中国海警问好

钓鱼岛,我来了
请给我一双隐形的翅膀
我要围绕你飞向那更高的云霄
我要俯瞰你的英姿
测定你的坐标,留住你的微笑
我要陪伴着你——
一直到天荒地老

钓鱼岛,我来了
请给我一双智慧的眼睛
我要追寻祖先在你身上留下的中国记号
我要看着你云卷云舒、潮起潮落
看着你花开花谢、多姿多娇
我要凝视着你——
一直到天荒地老

钓鱼岛,我来了

请给我一件勇士的战袍

我要手握钢枪走遍你的每一个角落

我要向着朝阳吹响号角

让嘹亮的号声化为春雷的咆哮

化为共和国的金鸡报晓

我要守卫着你——

一直到天荒地老

一直到天荒地老！

翟营文，中国国土资源作协会员，全国公安诗歌诗词学会副会长。鲁迅文学院第二十二届中青年作家高级研讨班学员。作品散见《诗刊》《文艺报》《诗选刊》等刊物。获全国诗歌大赛奖项百余次。出版诗集《背靠亲人和万物》《翟营文诗选》。现任营口市公安局《营口公安》编辑部主任。

我想说的是那面红旗（外一首）

辽宁 / 翟营文

那面红旗是战场的最高处

它的指向是深思熟虑的，是力挽狂澜的

它的每一次挥动都带动民众的心

它被枪林弹雨洗礼，被阳光

和冲锋的呐喊镀成金色

"八一"这两个字是钢铁铸就的

是用英雄的生命擎起的

一面旗帜就是一种思想和一种奋争

一面旗帜就是团结和大无畏的前行

它在高岗之上，在一些名字之上

代表一个国家和民族在飘扬

后来，这面旗被刻在"八一"起义纪念碑上

抱紧松枝和年轻的生命成为永恒

抱紧时间里的骨头和坚硬的脊梁

一面旗帜出没在历史里

它的抑扬有着非凡的意义

请记下它经线里的冲锋和无往不胜

记下它纬线里的柔情和豪情

把这面旗帜交给我吧

也给我江山的颜色和父辈的磨难

现在,我更愿意把它想象成

朝霞或晚霞,它的安静里

有着对过往的眷恋

有着对前途和命运的无比从容

第一个"八一"纪念活动与草鞋有关

第一个"八一"纪念活动与道路的

艰难攸关,那些钢铁的汉子要在一片

泥泞中走出一条自己的道路

第一次纪念"八一"活动是在 1933 年

中华苏维埃政府号召打 10 万双草鞋

10 万双草鞋就是 10 万双脚去穿

就是 10 万个战士迎着枪林弹雨的冲锋

就是 10 万个吼声卷起的雷鸣

那些打草鞋的年轻妇女是他们的亲人

姐妹或是没过门的媳妇

她们每抓起一把草就好像编进

千言万语，就好像编进道路的平坦

就好像编进了对胜利的祈福

因此，她们哼起翻身道情

有一刻，天空晴朗无比

第一个纪念活动是一个雄壮的前奏

每一个受阅的人都充满豪情

在旗帜下宣誓，在旗帜下行进

这一面旗帜代表了南昌起义的精神

代表了井冈山精神

这一面旗帜和热血一样鲜红

这一面旗帜上写满忠诚和无悔

第一个纪念活动和一种旺盛的热情

和斗志有关

和一场旷日持久的奔袭有关

有了这 10 万双草鞋

中国革命刚好可以起步

龙小龙，中国诗歌学会会员，四川省作家协会会员。作品散见《人民文学》《中国诗歌》《星星》等。著有诗集《岁月有痕》《诗意的行走》。

诗
八
选
一
BA YI
SHIXUAN

这是最神圣的交接（外一首）

四川 / 龙小龙

这是人生中最庄严的仪式
敬爱的老兵同志，将在战友们的注视中
完成岗位上的最后动作，举手投足
都将定格成记忆

交出飞翔，交出奔跑，交出大水喷射的速度
交出目光中的坚定
交出红门卫士的使命感和责任心
交出深藏于骨头里的另一把烈火

踏歌行

这是离别的秋天
滚烫的热泪像蓝天白云下的河流，淌着眷恋
当季节完成了黄金交割
亲爱的战友，你像一只归乡的鸿雁

我要踏歌一曲为你壮行
喊出发自内心的骄傲、快慰中的悲壮
天空如一泓深潭,倒影中
我们依然手握着手,肩并着肩

陈正云，江西省作家协会会员，南昌市诗歌学会名誉会长。出版诗集《我愿是一片彩云》《高天流云》。主编《南昌风物赋》《学生常用成语谣》等。作品散见《诗刊》《长江丛刊》《江西日报》等刊物。历任南昌高等专科学校副校长，南昌市文联党组书记、常务副主席，南昌市职工科技大学党委书记、常务副校长，《诗江西》诗刊主编等职。2017 年 2 月 24 日因病医治无效逝世。

南昌，军旗升起的地方（外一首）

江西 / 陈正云

南昌，赣江滚滚流过的地方

南昌，"襟三江而带五湖"的地方

南昌，昂首北望是匡庐

——奇秀甲天下

南昌，仄身远眺井冈山

——中国革命的红色摇篮

南昌，有一个军官教导团

朱德训练教官的地方

南昌，有一个花园角

周恩来和朱德策划起义的地方

南昌，有一个江西大旅社

七十年前的凌晨，酷热难当

一群特殊的旅客，不思睡眠

醒着的眼睛，闪闪发光

周恩来，双眉一耸枪声起

南昌，八一起义的地方

南昌，有一条子固路

贺龙英勇指挥起义的地方

南昌，有一个第二中学

叶挺指挥接应起义的地方

南昌，有一个百花洲

起义勇士与敌人生死搏斗的地方

南昌，人民解放军诞生的地方

横空出世的英雄军队

第一声呼号是一颗仇恨的子弹

用革命武装反抗反革命武装

枪杆子里面出政权

南昌打响第一枪

南昌，给中国革命带来希望的地方

南昌，解放军的英雄母亲

八一那一日，她的鲜血几乎流干

她将身上殷红的鲜血慢慢揩拭

染红了一面八一军旗

在中国高高飘扬

南昌，今日有座通往北京的八一大桥

南昌，今日有条车水马龙的八一大道

南昌，今日有个游人如织的八一公园

南昌，今日有个见证历史的八一广场

广场上立起雄伟的起义纪念塔
塔上有永远飘扬的军旗
旗旁有枪口锃亮的长枪
南昌,军旗升起的地方

南昌,中国的时装

披一身雍容典雅
从王勃的序言中走来
一个高贵的王子
顺赣江灵气　携洪都才子
在江南一方水土
独领风骚
一挥袖　落霞与孤鹜齐飞
一凝神　秋水共长天一色
滕王阁以十足的丰韵光披四座
成为中国古楼阁的一大名牌
一柄枪举过头顶
举起了中国一个崭新的姿势
一位伟人立在高高的井冈山上

点燃一支火把

把中国苍白的面孔映得通红

天安门上升起了一面红旗

中国人从此站起来了

但无论是军人还是百姓

在浪漫的生活情调中

人们总不忘

在八一起义纪念塔这个高大庄重的名模下

正一正自己的步伐

总设计师一声令下

南昌人以改革的气度　新颖的思维

尽情施展才华

南昌大桥飞架南北

昌九工业走廊走向希望

洪城大市场琳琅满目

京九铁路把南昌古老的明珠越照越亮

南昌　以立体的造型多变的服饰

在中国的舞台上

再现风流倜傥

陈政，江西美术出版社原社长、总编辑。江西省作家协会副主席、江西省编辑学会副会长、江西省文化研究会秘书长。系中国作家协会会员，中国美术家协会会员，中国图书评论学会常务理事，南昌大学客座教授、硕士生导师，享受国务院特殊津贴。作品散见《人民日报》《中国日报》等报刊。著有诗集《感觉的云朵》《山海交响曲》，报告文学《中国神秘文化》等，主编大型丛书《中国当代美术战略研讨文丛》《当代中国画艺术论著》《当代中国画文脉研究》等。获奖若干。

毛泽东在仙人洞

江西 / 陈政

一阵云雾拂过天边

长江蜿蜒，隐入暮霭之中

山间很静

能听见吕洞宾的咳嗽

这时陶潜先生便来了

东篱下的菊也来了

还有三国时西蜀的那个张鲁

这时潇洒的秋天便和

山下躁动的苦夏融为一体

继而和谐地在你眼中流动起来

原来冷峭的断崖也如此淡泊

哲人般超脱地欣赏着夕照的辉煌

牛羊回村

脚下的农庄

升腾出袅袅炊烟

牧童和村姑悠悠
或挎篮,或骑牛
出入于桃花源那个迷人的山洞
你长长地舒了一口气
像穿透远古的遥远回声

晚风徐徐
吼虎岭那边
隐若送来一两声虎啸
如沉沉松涛

你幡然转身,谛听
不禁将眉头皱了几皱
不料,整座青山都随之
摇晃了起来

邓涛，南昌市作家协会副主席、南昌市文艺评论家协会主席、南昌市诗歌学会执行会长、江西省社会科学院文学研究所特邀研究员。在全国报刊发表小说、诗歌、散文、评论千余篇（首），出版作品《心匣》《睡去醒来》《邓涛诗歌》《拾味舍手记》《方块字砌起的墙》《山河扣问》等多部。其中《水墨的记忆》《邓涛诗歌》荣获南昌市人民政府颁发的滕王阁文学奖（政府奖）。

收割秋天

江西 / 邓涛

我们的镰刀是爷爷们锻造的
我们的镰刀在爷爷们磨了一辈子的石头上
又被磨得锃亮
我们的镰刀在爷爷们收割稻子的地方
又在收割秋天

山很宁静
太阳也宁静
就像田头爷爷们的坟
看着我们挥汗如雨
看着我们收割秋天
土里也有爷爷们的汗
土里也有祖宗们的血
我们在这里生长
也在这里死亡
我们对着土地
唱着悲歌

我们对着土地

喊着希望，今天

我们在土地上收割秋天

收回爷爷们的汗

收回祖宗们的血

我们的女人在地头上拎着饭

我们的孩子在地头上提着水

深情地看着我们的土地

长着稻穗

铁万钢，青海省作家协会会员，从事新闻编辑工作。

诗八选一
BA YI
SHIXUAN

声声慢（外一首）

青海 / 铁万钢

我的战友没了，冲锋号吹响后
我们再也没有见面
春花烂漫的季节
看到绿色中的鲜红，我就会怀念战友
我的光明世界没了
我的两只眼睛里居然有好几块弹片
是军医用镊子取出来的
鲜红的弹片上除了有我的血
其他都是生锈了的阳光
我的耳朵聋了
一发炮弹落在战壕里，落在我身边
那一声轰鸣，如今已刻录在脑海中
捂住耳朵，只是下意识的动作
我的一条腿没了
被埋在了华北战场的弹坑里
如今，那里是一片白桦林
更多的腿以桦树的方式站立起来

树干描述着皮开肉绽的侵略史
我的双手没了，我的双手飞上了天
还在云端，向上天索要鸽子的翅膀

杀　掠

先听到女人的尖叫声
然后看到光着身子的日本兵
另一名膘肥的日本兵
扛着一头白猪
离开村庄时
再放一把火
他们以为烧毁了一切

施丽琴，中国诗歌学会会员，温州市作协会员。担任《塘河文学》和中国诗歌流派网博客诗选编辑。作品散见《星星》《诗选刊》《关东诗人》等诗刊。著有随笔诗文札记两本，诗歌合集两本。

铁打的营盘(外一首)

浙江 / 施丽琴

持枪而立的雕塑，对于广袤大地而言
它在夏花烈焰中铸造一件特殊杰作
秋风敏感的战争触角，冬寒凌峭的子弹遗传
握住最肥沃的泥土，娴熟播种
祖国母亲精挑细选的秧苗

过来的日子无论艳阳高照，风霜雨雪
远离老家醌畅芬芳的老歌
山丹丹花开，山沟沟布褂儿长
菊香幽淡的佐料，调剂孤独喑哑的乡愁

持续生长的绿色经纬相当，结出忠诚和刚毅
炮火，硝烟，几经演练
它变得强壮，它是铜枝铁干
护守祖国和平与安宁

叠一床军被，叫一声老兵

不做雏鹰，不做蒲公英
是野菊花，是野百合
停留在军营圣地
是祖国大花园一个待命的装备

沉默的机器一轮一轮复习昨天
硬板床一天一天开启新密码
折叠棉被，整齐军帽
沿途的水壶晃荡

乡音密布的分分秒秒成为金色记忆
打包在某年某月的齿印、口杯中

掇吟箱底信笺，捧读墙角的奖牌
除了枪，军事地形学一字不漏
比例尺，高程，独立树
无不现实地指向科技备战教案

老兵，这样叫的时候
手持指北针，把当兵初衷校了校正

蒋力庆，江西省作家协会会员，南昌市作家协会常务理事，南昌市散文学会理事。曾撰写全国公安战线一级英模邱娥国、陈勇琦同志的典型事迹材料。作品散见《人民公安》《演讲与口才》《人民日报》等报刊。著有《勾勒黎明》等三部诗、文集。先后三次获得江西日报、南昌市委宣传部征文竞赛一等奖。

苏区的女人

江西 / 蒋力庆

苏区的女人

从懂事起

便与大刀长矛恋爱了

苏区的女人

大凡在三月出嫁

以殷红的杜鹃装饰男人

用镰刀铁锤

给男人重新命名

苏区的女人会一手

出色的针线活儿

她们用红布裁剪五星

裁出男人们的信念

用土灰布缝制成八角帽

戴在男人们

滴着不屈的头颅上

苏区的女人从山下

给男人送去
红米饭南瓜汤秋茄子
以及微腼腆的羞涩
从山上她们抬下的
不是死亡
而是一具具血染的英魂

苏区的女人
不喜爱以眼泪为食
苏区的女人
是真正的女人

张金富，天津渤海诗词学会会员，作品散见《中国体育报》《中国质量报》《天津日报》等报刊，作品多次获奖，出版诗集《潮声集》。

八一
诗选
BA YI
SHIXUAN

大平原上的麦子

天津 / 张金富

小时候在影院里

最恨红鼻头的飞机

它尖厉的呼啸刺破了天空

切开了大地

儿子呼喊妈妈

妻子摇晃着丈夫

浓烈的黑烟遮日飞腾

烧得松花江畔的大豆高粱

大平原上的麦子

布满了仇恨的种子

它带着奸笑

带着所谓的大东亚共荣

可那里面

隐藏的是一颗颗膨胀的重磅炸弹

炸弹下

是我呻吟的焦土

破碎的山河

我的良知无法躲闪
只是在黑暗中攥紧拳头
咬紧牙关

电影结束了
历史拉开了帷幕
我走在了阳光下
我不是亲历者
可我是被祖祖辈辈养育大的
大平原上的麦子

木易沉香，本名杨润峰，大庆市作家协会会员，河南省诗歌创作研究会商丘分会副会长。诗歌散见《澳洲彩虹鹦》《北美枫》《星星》等刊物。多次获全国诗赛奖，著有诗集《暗香不尽春未央》。

旗　帜

河南 / 木易沉香

必须亮出你的锋芒

整整七十年了

从天南到地北，由黄河而长江

大刀长矛，地雷手榴弹，钢枪红缨枪

我燃烧着的葵花，我伤痕累累的

草木星辰，我的被侵略的祖国

我们共同的，处于危难中的山河

在炙烤的土地上，在火热的阳光下

我知道，你们当初和葵花里那些热血头颅一样

所有的藤蔓枝叶

相互比肩而站，全都闪耀剑戟的寒光

先是满腔愤怒，而后是熊熊烈火

再以后是铺天盖地的沸腾，与滚滚的岩浆

陶然，江西进贤人，90后，大三学生，中共党员，就读于江西师大英语教育专业，热爱诗歌及歌曲创作。

草鞋之路

江西 / 陶然

一条本来没有的路
被八万六千个脚穿草鞋的人
走着走着，就走成了路

一双草鞋就是陆地上
两只小小的船
八万六千双草鞋，就是万万千
狂风暴雨中逆风前进的船
他们前进，前进
为了走出一条属于草鞋的路
他们前进，以退为进
在炮火中，冲开一条血色的路
一双草鞋倒下
更多的草鞋站起来

十双草鞋倒下
千万双草鞋站起来

他们举起旗帜

穿过枪林弹雨走进雨夜

走进雪山，走进沼泽，走过草地

走过二万五千里路

走着走着，就走亮了中国

余婵，重庆师范大学涉外商贸学院在校大学生。在"青锋赛场·筑梦未来"铜梁区 2016 年青年创业设计大赛中获得优秀奖，在校园第一届"志学杯"教材编写大赛中获二等奖。

一名战士

重庆 / 余婵

他着军装静坐于石头上，

步枪的黝黑与他浑然一体

坚定的眼神凝视着领导者

专注聆听着指挥

下一刻，

他将忘却家人，忘却自己

武装整顿

将手榴弹装满腰间

擦亮杀敌的步枪

换上尖锐的匕首

携着一颗只为起义的炽热的心

他冲锋陷阵，杀向敌人

戈矛钉在尸骨上，烈火延烧着

枪声充斥着耳膜

有力的拳头如炮弹击中敌人的胸膛

子弹驰骋在硝烟弥漫的空气中

火热的鲜血装饰了山边的红霞
当扬起胜利的旗帜
他倒地大口喘气却忘记了呐喊

春暖水，本名刘鑫，萍乡市作家协会会员，作品散见《诗刊》《创作评谭》《散文诗》等。现任《安源诗刊》主编。

一小块弹片

江西 / 春暖水

那么多的子弹呼啸着

炮火映红天际

那么壮烈的一场肉搏战

最后都汇成一块小小的弹片

永远卡在爷爷的脑壳里

一个清晰而残酷的定格

就这样留在爷爷脑海里

让他不定期地头疼，并且想起

如今，那个年轻的爷爷

会讲很多故事的爷爷

已随着我们的长大而一天天老去

而那扇钉着"光荣"牌的木门

也被漂亮高档的防盗门代替

但还是有什么永远留了下来

比如历史，比如那块小小的弹片

以及记忆——

每当爷爷在黄昏凝视远方

那浑浊的眼里，突然会有一种光亮

仿佛一个战士在战场，正杀得兴起

瑞　金

山西 / 陋岩

从地图上看
你只是一粒
未曾发芽的谷子

离你几厘米远的地方
狂啸着狰狞的子弹

而就是这一粒谷子
竟让一种信仰
把中国 1931 年的天空
涂出了一片红色

戈三同，出版有诗集，曾获内蒙古十一届索龙嘎文学创作诗歌奖。

战友(外一首)

内蒙古 / 戈三同

山坡上
两座土坟相挨
中间只相隔
一米的距离

活着，是好战友
死后，做了邻里

春天的青草
又连接了两个坟头
好像他俩的手
又握在一起

墓　碑

这些没有姓名的墓碑
依然保持着整齐的队形

好像那一次战斗被打散
队伍重又在这里集结

和平的天空下
硝烟已经越走越远
他们似乎仍在警惕脚下
那一具死去的战争

陈忠龙,福建省作家协会会员,福建省泉州市校园文学研究会秘书长。作品散见《人民文学》《诗刊》《散文选刊》等杂志。获《北京青年报》"孝友会"征文特等奖;《散文选刊》杂志社"莲花·廉洁·青年"全国散文征文一等奖;福建省对外文化交流协会首届全球妈祖文化征文大赛一等奖;重庆市文联"风情双桥"百名艺术家诗文大赛一等奖等奖项。

旗帜·河山九百万多娇的图轴

福建 / 陈忠龙

1

一颗子弹,秉受革命的叮咛

从这里发出呼啸

一面旗帜,引大风

从这里烈烈卷过血气贲张的胸膛,卷过山冈

卷成河山九百万多娇的图轴

八一旧址当年写下的热烈的情节

被亿万人民,一读再读

朱德军官教导团,隆起的骨骼

已经代表一个民族,巍峨挺立起来

2

大刀,我为你骄傲

带着你,从英雄城到井冈山、遵义

到瓦窑堡,到延安……

挥向魔鬼,挥出一个亮闪闪的世界

汉阳造，我为你自豪

摩挲着你的南昌城，扳机一扣

闪电，划过

一道道，逼退了东洋的阴霾

并放倒一个腐朽的王朝

一个气朗风清的神话，向世界打开

3

从大炮，到导弹

核弹、卫星、驱逐舰、航天飞船……

注入新鲜血液的汉阳造，在嫡传

在涅槃

从两万余人，到百万威武

信念与一座城，与一个队伍

一起在蓬勃

激荡的风云，已经镌刻了一座纪念碑

时光，还要写上春雷春风

和更多精彩的名字，与英雄并列

不仅南昌城,海岛
不仅澎湃的浪涛,蓝天和白云
也要作为共和国坚实的基座,让英雄
与江山,相对而坐
谈论家园,谈论天下
谈论和平,谈论强大

他们的铿锵,英雄城听见了,世界也听见了
连从远方涌过来的潮头,都向着东方致敬

唐宇佳,2004 年出生，北大附中重庆实验学校小学六年级国际 1 班学生。重庆市南岸区作家协会会员、中国小作家协会会员、中国诗歌学会（年龄最小）会员。著有合集《〇〇后九人诗选》，个人作品集《最少年——唐宇佳微作品选》已由光明日报出版社于 2015 年 4 月公开出版。

你好,八月

重庆 / 唐宇佳

或许,你想象中的
八月是这样的
或者是那样的

一个人
喜欢鲜艳的红
红得像太阳花

红红的大地之上
五颗闪亮的星星
飞舞着

弟弟说,八月很热
弟弟又说
我喜欢和平

八月,炽热

这火一样的风
吹过大江南北

我要编一个绿色的花环
把八月留住
吸引世界的目光

孙武华，甘肃省作家协会会员，甘肃省文学社团联谊会理事，大唐民间艺术协会会员，作品散见《世界现当代经典诗选》《中国当代短诗选》《星星》等出版物，著有诗集《闲看亭花》。

比　拟

甘肃 / 孙武华

曾经看到博物馆里
一辆一九三七年被打瘪的坦克
上面弹痕累累
好像一段历史
负了伤

那是一段永久的记忆
斑斑点点的弹痕
有的深下去
露出了大黑洞的
那是一颗子弹无意说出的秘密

好多的观赏者
用指头比画着
这让我想起，对面警示录里贪腐者的碗口
和断头台上的烈士遗体
都有一个疤
不大不小

刘亚明,盘山县作家协会副主席兼秘书长、省市作协会员,作品散见《文艺报》《诗刊》《诗选刊》等刊物。曾获第四届中国西柏坡散文节红色散文征文大奖赛二等奖。著有诗集《仰望的岁月》及诗文合集《淡去的岁月》。

八一
诗选
BA YI
SHIXUAN

伤　口

辽宁 / 刘亚明

那个过程,就像一朵花的瞬间开放

汩汩流出的鲜血

在枪林弹雨中

格外鲜艳

疼痛,穿过一个个甜蜜的日子

所有战争的记忆

仍然闪亮着英雄的名字

我看见,一枚枚奖章

覆盖了祖国胸口的那个疤痕

王文军，辽宁朝阳人，中国作家协会会员，朝阳市作家协会副主席。诗歌散见《人民文学》《诗刊》《星星》《诗歌月刊》《中国作家》等，入选《中国诗歌排行榜》《中国诗歌年选》《中国诗歌精选》等多部选集和年度选本，获《诗潮》2013年度诗歌奖等若干奖项，著有诗集《凌河的午后》。

一个乡村女人的故事

辽宁 / 王文军

那年春天，鬼子蝗虫一样
涌进村里，来不及逃走的人
显然低估了野兽的心
她东藏西躲，脸上抹了锅灰
也没有躲过鬼子的兽行

大年三十那天，她——
未曾许配人家的黄花姑娘
生下一个男孩儿
那些飞来的白眼和唾沫
让她立刻比人矮了半截

她使劲打那个被村里人
叫作"二鬼子"的孩子
然后又抱着他使劲地哭
两个人的哭声拧在一起
在街坊四邻的家中进进出出

八路军来了，劝她抬起头做人
她始终低着头，拼命地做鞋
拆了棉袄，拆了被子
用完了家里所有的布
她把所有的仇恨和屈辱
一针一线地缝进每一双鞋里

她做的鞋，每双后跟都有
两条布带儿，能系在脚腕子上
她说穿这样的鞋跟脚、跑得快
她想让每一个穿带带儿鞋的战士
都替她追回，那个干净的自己

才二十几岁，她的眼睛突然瞎了
有人说是晚上纳鞋底儿
灯油熏的，有人说是哭的
有人说是被心火烧的

她的孩子——"二鬼子"
在她的打骂中长大
十八岁那年去参了军

在朝鲜战场，被敌人的炮弹炸飞

成了烈属的她，仿佛换了一个人
逢人就打自己，像打仇人一样
寡言寡语变成了絮絮叨叨：
我为啥总往死里打他
他是我身上掉下的肉，我的亲儿子
他不会死，一定还活着，还活着
每一次，她的诉说
都被呜咽切割得断断续续

村里人都说她疯了
没几年，她就去世了
临死前，她拉着老支书的手
说自己不是疯子，心里亮堂着哪

她恳求老支书满足她一个愿望
把她埋在自家的院子里
儿子回来了，她第一眼就能看见
她要告诉儿子，他有一个好听的名字
谁再叫他"二鬼子"，她就和谁拼命……

许星，媒体记者。世界汉诗协会、中国诗歌学会、四川省作家协会会员。作品散见《人民日报》《人民文学》《诗刊》《解放军文艺》等报刊并多次获奖，著有诗集《虚掩的村庄》。

燃烧在黑夜的花朵

四川 / 许星

天空像一床厚厚的棉被

月光已经远行　村子里很安静

村民们或许刚刚入睡　坝子上还未完全

熄灭的火星里　夜的味道很浓

正值隆冬季节　一场雨夹雪不期而至

我伏在一片早已凋零的草丛中

攥紧拳头　试图掐住风的声音

时至午夜　鬼子慌乱的脚步声自村东而来

目标踩响了绷紧的神经

那一瞬间　正义在风中狂奔　以鹰的雄姿

守护和捍卫了祖国的和平与尊严

天气很冷　手臂被黑夜刺伤　青春的热血

正一点点滴落　我们就这样搀扶着

紧拥着悄然离去　无声无息

开始长高的天空下　村庄很温暖

罗咏琳,江西省作家协会会员,鹰潭市作家协会副秘书长兼诗歌创作委员会主任,作品散见《散文诗》《江西日报》《解放军报》等报刊,曾获江西省第二届诗歌大奖赛二等奖,全国旅游散文大奖赛一等奖,出版小说集《赌情》。

挑粮小道

江西 / 罗咏琳

四点八公里
真的不算漫长
1343 米海拔
更谈不上巍峨
但这条路却连通北京
这座山可放眼全中国

这是黄洋界一条
普普通通的山路
羊肠一般曲折狭窄
柔软荫翳的路面
只适合泥沙和落叶
但留下的一行行脚印
比石头还要坚硬几分
它蜿蜒上升的路径
多么像一条纤弱的血脉
毛泽东朱德一人一根扁担

八一
诗选
BA YI
SHIXUAN

一人一副箩筐穿梭其间
左边挑起红军战士果腹的口粮
右边担起解救民族危亡的希望

石运堂，创作诗歌二十余载，参加一些诗歌大赛，偶获奖项。现任新银麦公司内部刊物《银麦之声》报文字编辑、《蒙阴作家报》编委。

南　湖

山东 / 石运堂

1921 年的浩荡烟雨
飘缈了政治背影的迷茫
在中国犹豫的脚步上
你的水韵奏响了一首新中国的乐章

一艘画舫慢慢驶进了时间的竹签
52 个声音唤醒了二十世纪初中国的黑暗
昏黄的油灯下，一个为民请命的宣言
在南湖的秀丽中，染蓝了整个国家的港湾

摇曳的社会坚定了信念
无情的杀戮凝固了天空的阴霾
睁开蒙胧的眼
你，站了起来，第一次以巨人姿态

不朽的传奇

安徽 / 夏传寿

你是一个不朽的传奇
"天下者,我们的天下
国家者,我们的国家
社会者,我们的社会
我们不说谁说
我们不干谁干"
多么志存高远的胸怀
多么铿锵有力的话语

"北国风光,千里冰封,万里雪飘……
惜秦皇汉武,略输文采;
唐宗宋祖,稍逊风骚……"
你只有中专学历
可纵横万里,上下千年的内容
你概括起来只需寥寥数语

你爬过雪山,走过草地

在一次次国内外反对派的围追堵截中
穿越过数不尽的枪林弹雨
却从没有让枪弹在身上留下痕迹

你的恩师将爱女嫁你为妻
你的爱妻为了你的事业抛颅洒血
为了卫国保家，援朝抗美
你把爱子送往战场并永远留在他乡
为了五星红旗高高升起并永远飘扬
你一家有六位亲人为国捐躯

"夺取全国胜利，
这只是万里长征走完了第一步，
以后的路更长，工作更伟大，更艰苦。
务必使同志们继续地保持谦虚、
谨慎、不骄不躁的作风，
务必使同志们继续地保持艰苦奋斗的作风……"
两个"务必"是多么的语重心长，
又是多么的精辟

"可能有这样一些共产党人，

他们是不曾被拿枪的敌人征服过的，
他们在这些敌人面前不愧英雄的称号；
但是经不起人们用糖衣裹着的炮弹的攻击……"
这预见是多么的远大英明
又是多么的神奇
只可惜我们有些同志把它抛在脑后
以致丢了性命或进了囹圄

那个心怀叵测的接班人诡谲：
毛主席的话句句是真理，一句顶一万句
你眼明心亮，嗤之以鼻：
一个人说一句算一句就很不错了
哪能一句顶上一万句？

"世界是你们的，也是我们的，
但归根结底是你们的……"
你不是什么真龙天子，
可你有满腹的文韬武略
你来自民间，走进了天安门
始终牢记人民的利益高于一切
你是泽润东方之世界伟人
你是世世代代不朽的传奇

陈明秋，福建仙游人，20世纪80年代在部队开始创作并发表诗歌，部队转业分配在企业工作，后进入政府机关。所创作的诗歌曾在部队报刊和地方省级以上报刊发表。

一枚弹壳

福建 / 陈明秋

硝烟呼啸

催开战地鲜血之花

魂灵崩石

子弹摇曳地火横飞

惊天地泣鬼神的霹雳

残酷刚刚谢幕

连史室一枚弹壳

是你眼神的直视

战友们无声的泪泣

又把战场捧在手里

那橙黄色的怒吼，分明把

木棉花、老山兰灿烂给蓝天

铮铮的永恒，已经嵌入丰碑的底座

麻栗坡的红土

矗立一把把带血的刺刀

他们流干了血

红白的，让日月荒凉

祭奠赋予生命的弹壳
岂能仅用泪水洗涤
凹处是较量的撞击
凸处是喷涌的怒火
无情的子弹
燃烧的撕裂
留一个寂静的住处
是敌人的坟墓
也可能把自己烧成灰烬
环顾天边
乌云翻滚，暗雷涌动
把尊严装入枪膛吧
用挖醒神经的尘土
盘马弯弓的浪涛
去掩没天真的《好日子》颂歌

这枚弹壳的伤痕
我不忍擦拭
追求和平的见证

倾听低鸣的呜咽：

让我十八岁的花季

赶往回家的路上，只能

远远地看望

担心母亲难受

战友啊，代向我老母磕个头

让我在遥远的边境

一年一回的清明节

用弹壳的音符

给揪心的白发吹奏一曲

"再见吧，妈妈"

朱昌勤，中国作家协会会员，历任《南昌晚报》总编，《都市消费报》总监。1994年创办《江南都市报》。曾为江西省文联委员，省作协常务理事，南昌市作协副主席，省记协常务理事。著有诗集《多彩的土地》《都市的夕阳》《想你的时候》，中篇小说集《王牌记者》，报告文学集《不安的强者》《强者们》《兼并者》等30余部。曾获江西省政府文学奖、《解放军文艺》庆祝建军50周年优秀作品奖等。

八月·军旗

江西 / 朱昌勤

六十年前出现在地球上

在东方、在中国、在南昌

那时扳机扣出的一朵朝霞么

炮火从历史深处轰出中国八月的太阳

刀枪挑起八月的阳光

在万里苍天横空扫荡

火，在旗上燃烧

血，在旗上流淌

八一军旗呵

中华血火的壮丽飞扬

旗手，中国共产党

向世界举着正义，举着宣言

革命，要以武装去与武装对抗

人民要用刀枪释放新的能量

于是，在中国昨天的土地上

军旗下，铁流万里长

血火为共和国的版图

刷出一张崭新的清样

于是，在中国今天的土地

现代化赋予军旗新的形象

南疆的弹雨，北国的火浪

川东的石流，唐山的死光

合成的演练，立体的火网

电子的碰撞，空间的较量

军旗下，共和国的集团军

挺立着：信仰、意志、力量

排列着：长城、柱石、栋梁……

军旗在前方……

军旗向太阳……

为改革大潮，卫护河床

为四化征程，踏平路障

军旗下

共和国集团军，昂奋豪强

向着明天中国的土地上

徐泰屏，湖北省咸宁市作家协会理事、《赤壁文学》编委。作品散见《人民日报》《经济日报》《工人日报》等报刊。著有散文集《流年留言》，诗集《寂寞开花》。

井冈山

湖北 / 徐泰屏

自从那年被毛泽东看中以后
井冈山的高度，一下子
陡地增长了许多倍
然后，以珠穆朗玛峰的巍峨
耸立为一个时代至圣的风景

用红色的思想为一座山峰着装
大刀和长矛，以及黄洋界上的炮声
让一支工农武装，在草莽之中
找到了广阔的用武之地
其实，井冈山
只是一块中国革命的试验田
用农村包围城市，然后夺取城市
是这块试验田里结出的累累硕果

施云，媒体记者，兼任会泽县作家协会副主席。作品散见《人民文学》《中国文学》《星星》等刊物。获第二届中外诗歌散文邀请赛一等奖等奖项。出版诗集《九十九朵玫瑰》。

观老山神炮

云南 / 施云

威震南疆的老山神炮

如今

还指向南方

指向那个

不听话的淘气小顽童的屁股

六门口径各异的老山神炮

像六条响鞭

时刻抽响着

那一座座曾经被鲜血染红的山峰

如今

它们虽已葱绿

却显得有些诡异

像无数的英烈又换上了新衣

在那个

刻有精忠报国的洞口

近一尺厚的钢板门扉
开启的是永远不能忘却的记忆
它每开合一次
仿佛就在向六门神炮发出一道准备发射的密令

山洞里
毅然决然竖立着的一枚枚炮弹
与战士们曾经用过的机枪
形成鲜明对比
每一枚
仿佛都在告诉人们不能忘记过去
不能忘记那些共和国的英烈
是他们用鲜血和意志筑起了
抵御入侵者的钢铁大堤
从此
结束了猫耳洞里的艰难岁月

战争的硝烟虽已消散
但那些
看不见的地雷
至今还在蚕食着百姓的生命

四十八户人家
四十九人只有一条腿
是老山抹不去的现实

站在老山神炮前
我在想：如果历史可以重写
我愿把那场战争化为简单的握手
而事实是此刻
我们正站在六门神炮前
追忆英烈
追忆那场遗痛三十载的卫国战争
六门神炮像六条警语
每一条都布满了硝烟与血痕

冷眉语,中国诗歌网江苏频道副站长,民刊《左诗》主编。有作品散见《当代中国》《中国诗歌》《星星诗刊》《诗选刊》《诗歌月刊》《鸭绿江》等文学刊物,出版诗集《季节的秘密》《对峙》,偶有获奖。

八一诗选
BA YI
SHIXUAN

一张照片

江苏 / 冷眉语

你走的那天
空气中酝酿着淡淡的别离的味道

十二月的锣,仿佛即将赴敌的战士
用雪花擦亮口号和歌声

大鼓终于等到又一个十八年来
第一次红着脸的表白

你说,爸爸……敬礼!
你说,妈妈……敬礼!

军装! 一个多么新鲜的名词,转眼工夫
成长为一枚利索的动词和绿色的形容词
一名军人! 请允许我在心底,把你唤作
家,祖国,理想,希望

一条长长的铁路线
就要使你的生命延伸到更远的远方

和弟弟妹妹照张相吧
留住你青春年少的模样

和老爸老妈照张相吧
多少年没在一起比，个头都这么高了

"哥，你穿军装的样子真好看！"
"那么多孩子站一块，都认不出哪是儿子了"

"一个连被子都叠不好的孩子
看，这背包打得多好啊"

"嗯，咱儿子还没出发呢
就已经长大了"

"孩子，多立功，不开心了
就往家里打个电话，别老麻烦指导员"

春秋代序
那个通过了时代检验
并被重新塑造的孩子,在某个平常的日子
随身带回在山里站岗时冻伤的膝盖
一张微笑着的光荣退伍证

……

我只能截取这些没有经过处理的真实片段
叙述一个普通的十八岁的孩子

怎样成长为共和国的兵
一个懂得了责任的男人

梅山子,原名周莲,湖南省作家协会会员,湖南省诗歌协会理事,郴州市作家协会常务理事,《郴州文学》编辑。出版诗集《梅香集》等三部,作品散见《诗选刊》《诗潮》等报刊,荣获多项诗歌奖项。

战　旗

湖南 / 梅山子

真正的体无完肤
身上的弹洞,重重叠叠
现在它累了,就躺在我面前的展柜里

其实不用展开
我已经闻见血与硝烟的味道
其实不用挥动
我也听见它的怒吼与呐喊

想当年,它一直行进在队伍的前列
进攻、冲锋从不缺席
无数的战友在它的身后、身边倒下
无数的敌人在它的身前、身下被歼灭
枪炮击中它,它依然高高扬起
看见它,抗日的军民鲜血沸腾
看见它,凶恶的鬼子魂飞魄散

现在它静静地躺在那
仿佛是在回味那光辉的岁月
又仿佛在默默祷告新中国的未来

长　征

山东 / 梁继志

一条不是路的路,走成长征
一群信仰之上的人,走向憧憬
八十年前,雪地泥泞
见证长长前进的身影
八十年前,草鞋青春
点燃闪闪明亮的红星
搀扶,温暖风雨人生
信念,照耀黑暗前程
前仆后继
诠释,永垂不朽的生命
理想支撑
创造,惊天泣鬼的黎明

长征,一篇文章的中心
长征,一首诗歌的意境
经典,百读不厌
精神,千秋传诵

长征,历史栽种的一棵松
纪念的水,一桶一桶
太阳下,根深叶茂
郁郁葱葱

马爱欣，山东省作协会员。有 14 年军旅生涯，在集团军、省军区任新闻干事，在《诗刊》《溯方》等刊物发表文学作品 200 余篇，新闻作品 5000 余篇。

仰望六盘山

山东 / 马爱欣

今生，我注定要为这座山峰歌唱

歌唱它巍峨的峰顶

歌唱它苍劲的青松

歌唱一位伟人挥毫写下《六盘山》

六盘山上旌旗猎猎　战旗飘扬

六盘山下大雪飘飘　冲锋声响

没有挡住路的山

中国革命要翻过去

把山踩到脚底下

道路的前面仍是道路

一盘道上

谷底浮云凝重，马蹄声碎

二盘道上

跋涉着不屈的草鞋　草根和青稞

这上苍奉献的天然营养

成了革命的唯一养分

三盘道上

是绑腿　火铳和勒紧的腰带

缺乏果腹的粮食和盐巴　却不断生长着

充满钙质的骨节和灵魂

四盘道上

马蹄溅起火花

照耀着冰冷的石头

饥饿和死亡把他们深刻地追逼

五盘道上

几个孩子和母亲

把天真和柔情裹进粗大的军服

她们和男人一样跋山涉水　冲锋陷阵

六盘道上

是山巅,风吹着豪情的歌和红旗

一队队衣衫褴褛的英雄好汉

用年轻的死亡和永恒的存在

把跪着的日子和河山

一段一段地扶起来

六盘山因英雄而巍峨

英雄因六盘山而高大

薛晓赤,咸阳市作家协会会员,兴平市作家协会副秘书长。作品散见《辽宁青年》《中华散文》等报刊,有数篇散文被《散文选刊》《读者》等报刊转载。

红军走过的黄土地

陕西 / 薛晓赤

很久以前,在黄土坡上

年年长一些稀稀花花的谷子

还有一些星星点点的古老民歌

唱过民歌的爷爷和他的乡亲们

住的都是一口出气的土窑洞

爷爷拿一杆鞭子,吆一头牛

把一些饥瘦古老的日子赶上赶下

自从那年窑背上浩荡过

红星闪闪的队伍

有支红军颂的歌儿

便嘹亮了这方洞天的生活空间

爷爷收养了一个红军烈士的孤儿

说他是革命的火种

乡亲们喜上眉梢捧起火种

迎来一场电闪雷鸣

看大雨过后
各家窑背上面的坡地上
都长满一簇簇弯眉毛谷穗子

当爷爷的笑容
永远凝固在公墓时
担任村支书的父亲
给我讲了一个红军后代的故事……

说是一队人马
扛几把镢头锨
推几辆土行车
平整了四面坡地
建起了一座新村庄！从此
当年爷爷辈居住的窑洞大壕沟
不再有气喘的日子
只听水库大坝水声哗哗
向前奔流
似乎在日夜歌唱红军颂……

文君，本名韩文琴。中国诗歌学会、四川省作家协会会员。在全国近百家刊物上发表作品，二十余次获奖，著有诗集《跌落云间的羽毛》《天上的风》，散文集《藏地女人书》。

姐姐（外一首）

四川 / 文君

西线正上演一场战事
当木棉树将火红的花朵挂满枝头
战地简易的担架旁
姐姐正俯下身子，轻吻一名陌生的战士

枪炮声还在耳畔嘶鸣
哭泣的伤口，已流尽最后一滴血
十八岁的青春，在这慈母般的一吻里
戛然而止

战争与女人

旌旗与刀剑，被一次次记入
版图，辽阔的疆域
号角嘶鸣，战火蔓延，直至烧焦的泥土
再长不出一粒麦子

从太和镇到无边疆宇,外辱内乱
生生把一门女子,连同
国恨家仇
逐入金戈铁骑

八十年过去
那些陈年旧事,被一次次提起
又被一次次放下,只剩
漫山的杜鹃花,开了一茬又一茬

王传忠,中国诗歌学会、山东省作家协会会员,世界华人作家艺术家协会、口国文艺协会理事,作品散见于《文艺生活》《时代文学》等。在全国诗歌大赛中获奖近百次。著有诗集《一滴雨的故乡》、散文诗集《时光》。

小弟,明天你要去当兵

山东 / 王传忠

小弟　明天你要去当兵
火热的青春　澎湃的激情
在这里交融
五湖四海　四海五湖
在这里相逢
相逢在这铁色军营

让蓝天为伍
让大地为你作证
这夹道的风
也出来为你相送
相送在十里街亭

让青春在这里锻打
让激情熔炼成钢铁的特征
让双手紧握住枪
握住了枪
也就握住了祖国的和平

沈建浩，中国散文诗学会、中国青少年作家协会、汕尾楹联学会会员，陆丰作家协会理事，陆丰政协委员。作品散见《人民文学》《中国文学》《延河》等报刊。

民族魂·杨靖宇将军（外一首）

广东 / 沈建浩

炮火硝烟炸不毁你

寒风凛冽，白雪皑皑压不弯你

饥饿瘟疫，贫穷困苦吓不倒你

在辽阔的东北大地，你举起抗联的旗帜

旗帜上，血染的风采写着民族魂三个字

犹如剑光，闪烁在白山黑土的天空

为了生，也为了死

为了含着泪的娘亲，为了饱受战火困苦的父老乡亲

为了一个铮铮不屈的誓言

你枕着自己的头颅，刮骨疗伤

奉献出真诚、热血与豪情

战火硝烟，只不过是一条逼仄的路

共产主义情怀敞开宽广的心胸

夜夜芬芳在抗联的旗帜

犹如一匹奔跃着的马，侠骨柔情

驰骋在这片黑土地上，从此

一面旗帜，仿佛一把锋利的匕首

狠狠刺向鬼子的心脏

一根最硬的骨头，铿锵有力

犹如一面锣鼓，呐喊的号角

叫鬼子心惊肉跳，夜不能寐

星星之火可以燎原，一面旗帜

就是一粒抗战的火种

血的颜色，火的燃烧

足以洞穿脆弱的头颅

看，飞溅的血怎样滋润人们的仰望

看，炮火硝烟怎样磨砺剑胆琴心的豪迈

看，模糊的骨肉怎样喂养永不屈服的民族魂

多少年过去了，你跨着战马归来

长白山下还回荡着你呼啸的铮鸣

你倒下的身躯，长成一座抗战的丰碑

沉重的文字，犹如菊香四溢，辉照日月

我顶礼膜拜的头颅，长成飘扬的泪珠

匍匐成一个伟大民族无限的敬畏

诗八选一
BA YI
SHIXUAN

骨气，或者傲骨：赵一曼烈士

白山黑土走着你俏丽的面容
在抗战的大熔炉中，淬炼成钢
在大刀向鬼子头上砍去的歌声中
热血沸腾，铸就不屈的傲骨
在血雨腥风的丛林硝烟里
磨砺强大的心脏，不灭的精魂

白山黑土的土壤，养成你斗士的品格
寒风雪魄，滋润一曲英雄的挽歌
当鬼子把竹签钉入你的指甲
鲜红的血，灿开疼痛的花朵
搬开沉重的肉身，你早已把生死置之度外
当敌人把钢钎插入你的乳房
你怒目圆睁，喷射刀的锋芒
喷涌的血，咀嚼傲骨柔情的泪花
不屈的傲气，足以摧毁侵略者的嚣张气焰
当魔鬼把电刑器具，插入你的阴道
想用蹂躏，撬开你的嘴

你大骂畜生，铿锵有力的呐喊

让鬼子明白，酷刑可以蹂躏一个民族的大地

但蹂躏不了一个民族铁打的心脏

汩汩流出的血，犹如中国千疮百孔的伤口

使侵略者醒悟，硝烟战火蹂躏不了抗战的黎明

有一根铮铮作鸣的骨头

它的名字，叫作气节

在白雪皑皑的丛林中，呼唤你

悠悠岁月，别揖长江黄河的涛声

你的倩影，超过流星

在历史的天空中，用血水一洗再洗

你威武不屈，永不低头的背影

高过我们的守望与敬畏

并整整喂养一代人的魂魄与骨骼

罗龙，贵州省作家协会会员。作品散见《现代青年》《散文诗》《齐鲁文学》等刊物，获中国诗歌网 2014 年度十大诗人等奖项。

南昌城下的枪声（外一首）

贵州 / 罗龙

可以让寒冷升温

可以让饥饿不再饥饿

可以让胆怯隐退，可以让邪恶让道

结束一个腐朽的时代

有时就需要点枪声

1927 年 8 月 1 日，南昌城下

一声枪响，千百万声枪响

在祖国大地，开出花朵

许多战士，用鲜血染成的旗帜

在风起云涌的山河，唱出不朽的歌谣

军功章

用阳光、汗水、信念

有时还要配上鲜血、生命

铸就而成

有时一枚，就可煮熟一段历史
有时一枚，就可改变世界格局
而我们的军功章，一枚挨着一枚
扛起祖国的命运

汤云明，男，汉族，云南昆明晋宁县人，1993 年开始发表文学作品，云南省作家协会会员。现为内部刊物《园区报》副主编、县文联《月山》文学季刊编辑。

红旗飘飘

云南 / 汤云明

锤头砸破一个旧世界

镰刀收割一片新天地

一股股红色的激流　逆水向上

从苏区瑞金　到圣地延安

二万五千里征途　步履铿锵

中华大地遍撒革命火种

红旗飘扬在雄鸡唱晓的东方

中国红　多么令人向往的颜色

多么让人热血沸腾的预示

党啊　我们亲爱的妈妈

这最亲切有力的称呼　带领

一支有信念有理想的红色军队

在飘飘红旗的感召和团结下

舍生忘死　让危难中的民族

从一个胜利走向　另一个胜利

王建元，中国诗歌学会、吉林省作协会员，吉林省作协聘任作家，通化市作协副主席，已出版诗集、长篇小说14部。

民族之殇

吉林 / 王建元

雪山摇动　北纬42度线和东京127度线摇动
一个巨大的身躯流着血　摇晃了几下
又轰然倒下　顷刻间的雪崩
让太阳的万根金针　雪野的千根银针
在天地间飞旋　狼群惊恐

一个人疼了一下　一个民族疼了七十年
有人看见　星星般的弹孔中
流出了血红的黎明　时间　1940年2月23日

天穹　大地　曾经美丽的弧线血红　雪白
黑土地在大雪覆盖下的喘息　如惊雷炸响
天空下　十万棵苍松对江河沉默
大地上　十万朵雪花面色苍白

寒风夹着最后一声呼喊　呼啸过三山五岳
雪花驮着最后一丝目光　抚摸着江河湖海

亲爱的　苦难的祖国　倒在你的怀里死也自豪

一堵墙需要怎样的打造　才能阻挡风雪严寒
一个人需要怎样的锤炼　才能成为真正英雄

冰冷大地上倒下的身躯　梦仍然温暖
三十五个春秋　征途艰辛　脚印笔直
确山山水中萦绕的乡音　妻儿老小柔软的温情
一别已是多年　谁说英雄气短
一个人的短只要能换来许多人的长　倒下又有何妨

多少回的关山飞越　多少次的梦回故里
那些雪花般　春风般飘逸的梦　既轻柔又沉重
而今　那最后的目光啊　含着血点燃春天的信息

在一块破旧的门板上躺下　马蹄哒哒
林涛间　战友们的歌声穿透严寒
西征胜利歌　抗联第一路军军歌
黄钟大吕间　侵略者的枪炮　蚊蝇嗡叫

平静　坚强的头颅　卷刃的铡刀

有人看见喷出的血带着翅膀和梦　飞上皑皑的雪峰

依然滚热的鲜血　树皮　草根　棉絮
惊恐坠地的何止冰冷的手术刀　只有愚蠢的人
才会相信理想和坚贞似乎应该源于物质

豺狼的野心　叛徒的无耻　永远不需要翻译
同样　战士的忠诚和信仰　也不需要诠释

身既死兮神以灵　魂魄毅兮为鬼雄
辉煌与毁灭　苟且与高尚　短暂与永恒
告诉我们　有些活着的人　比逝者死得更快
而有些死了的人　即使身躯断裂
也和天地一样永生　因为他们是祖国和民族的人

用手帕擦拭泪水的人　用心灵储存泪水的人
让我们相信一切都在慢慢地　由柔弱变为坚强
尤其是面对侵略者　面对人世间所有的邪恶
谁让青草说话　谁让石头发言
如果我们采取沉默　如果我们背叛誓言
最后的结局诗人田间早就告诉了我们

如果我们不战斗　敌人杀死了我们
还用刺刀指着我们的尸体说
瞧　这就是奴隶

长夜一定有水银的质感　我们用黑夜擦亮的眼睛
认真地分辨着昨天和历史　道路或许可以一望无际
但旅途和生命永远错综复杂　英雄倒下的土地
有人不断偷换信仰的概念　用金钱代替灵魂

如果我们麻木　如果我们默认　如果我们苟同
七十年前的惨剧　昨天的民族之殇
谁敢保证不会重演　我们仰望星空
星空之上是先烈们永远睁着的眼睛

南海波涛汹涌　但跨过江的民族也一定会跨过海
七十年弹指一瞬间　烟雨苍茫　大地辽阔
如果纪念只是单纯的纪念　那些为了今天
死去的英雄们将永远无法新生

李培勋，在《人民日报》《诗刊》《工人日报》《黑龙江日报》《诗林》《诗人》等海内外报刊发表诗文，有诗入选《1987年全国诗歌报刊集萃》等九部诗文集，省内外多次获得文学创作奖。现为黑龙江省作家协会会员。

收藏长征的史记

黑龙江 / 李培勋

在雁阵惊寒的血色黄昏

五支即将挥师出发的队伍

朝着枪膛内塞满充足的火焰

肩背根据地父老碗口粗的五谷稻香

于茫茫夜掩下飞健如风

谁也不知激荡的雄魄，漂向哪里

亦不知晓草鞋趟出的匆匆之旅，何时定格为永恒

此刻，黑压压穷凶恶魔配置重兵

似潮水一样狂躁且杀气腾腾

工农联盟集结的钢铁之躯

从生死存亡的青云间奋力突围

浴血湘江，拔掉了凶残的狼牙

撕开了黎明的裂隙之口

那惨烈的五万条阻断江流的英魂

攥着骡马尾巴渡江的朵朵巾帼傲梅

还有辎重压身的坛坛罐罐

随着断肠之川的惊涛之冷

映红了银霜满地的烽火历程

通道议事避实击虚,转师西进

周恩来怒拍桌案

痛斥"左倾"教条的跌落泥潭的癫狂顽症

强渡乌江,虎胆英雄加筑着岩壁固守的浪漫

遵义会议在命运攸关的峡谷激流

挽救了前仆后继的历史

挑亮了扭转乾坤的雨夜明灯

四渡赤水,牵着恶魔的鼻孔游刃有余

巧渡金沙江,甩开沟壑险阻的悬殊对比

远走高飞,又在力挽狂澜中转战乌江

抢渡大渡河,麻尾手榴弹从阴霾内四处开花

不可逾越的神秘恐怖

由韬略之算的巨人掌控万里东风

飞夺泸定桥,令功勋百战的血胆将军泪落哽咽

一次次呼唤着那些思痛无涯的一代武圣

可是《八月桂花香》歌声还没有统众东方

其梦想亦会爆醉举国盛典的神州欢腾

最苦的死亡行军连鸟儿均无法飞过孤寂

嚼碎的辣椒代替了御寒的棉衣

和烈性的烧酒定律

既罢雪深过膝都无法阻挡

八角帽上的红星遇天得民

碾碎夹金山魔窟里幽隐莫测的噩梦

面对草地,红军主力再闯最底层地狱

陷入泥沼,忍疾挨饿

岂能让铁流止步威猛

那上演悲壮,啃着牛粪下咽

喝着马尿的绝处荒漠

是什么力量,让你死我活的拼杀中九死一生

靠一块最硬的骨头

红星照耀中国,公开了鲜为人知的沉雄秘密

勇敢和力量汇聚的百万雄师之势

蓄积为前所未有,功垂千古的硬汉脊梁

缘定为共和国旗帜上

飘扬着盘古开天后的磅礴傲视的亘古象征

在那面核心引力的苦难风流

翻卷着中华才俊百世不衰的天籁骊歌

激励着后人,全面升级成大写的光荣景仰

把那段卓尔不凡,无可匹敌的恢宏史诗

浇铸成直霄苍穹的命脉丰碑

记载着自由与解放的太阳

将洒满麦穗之喷薄渴望

以及同巧出奇谋报春梅一道

释放出黄金时代隆隆浩荡的旷世鼎盛

余晓，原名余军喜，上饶市作协会员，鄱阳青年诗社副社长，鄱阳县诗词学会会员。作品散见《江西工人报》《长江诗歌》《鄱阳湖文艺》等报纸杂志，曾获"中华情"全国诗歌散文联赛金奖、上饶市诗词大赛二等奖等奖项。

一名老炮兵

江西 / 余晓

还有没消灭的敌人吗？

他对生活保持着警惕
就连日常事务的伪善
都被他的火眼金睛洞悉
他拒接别人散发的好烟
只抽自己三元一包的"庐山"
他也从不吃别人的东西
"吃人的嘴短"的道理
过于浅显。作为一名老炮兵
他见证了很多下了战场的英雄
慢慢地，被各色炮弹轰倒

而他只想保持投弹的姿势

李玉兰，中国散文学会、黑龙江省作家协会、黑龙江省散文诗学会会员，鸡西市文艺评论家协会副主席、鸡西市作家协会副秘书长，虎林市作家协会副主席。作品散见《辽宁青年》《星星》《小说月刊》等刊物。报告文学曾获"中华大地之光"征文一等奖。著有散文诗集《玫瑰心情》、报告文学集《世纪骄子》、诗歌集《花开的声音》《一朵花打开春天》、散文集《摆放阳光》等。

我们凝望蔚蓝的天空

黑龙江 / 李玉兰

45 度角，我们仰望——
蔚蓝的天空深邃辽远
一朵朵白云像圣洁的莲花
在蓝天上安静地绽放
踮起脚尖，我仿佛闻到了
它们淡雅的花香

45 度角，我们仰望——
蔚蓝的天空打开祥和的背景
一只只小鸽子像和平的使者
在蓝天上自由地飞翔
踮起脚尖，我仿佛听见了
它们幸福的歌唱
拨开岁月的尘烟
我的眼前仿佛又燃烧连绵的烽火
战争的阴霾下
多少鲜花盛开的田野
被血腥的浓烟淹没

多少如花的少年
在烽烟中飘零、凋谢

八月的一声枪响
掀动了震撼世界的箴言
崛起的愿望,化做殷红的旗帜
在风中,猎猎作响
挺起了一个民族坚韧的脊梁

从漫漫长夜走到血色黎明
从《义勇军进行曲》到高唱《东方红》
和平的祈愿像不息的火炬
在华夏儿女的心中燃起了炙热的渴望
群山起伏着连绵的险峻
马蹄踩碎一片片清霜

大顶子山——抗日联军的大本营
有多少英雄在这里安息
生命化作深情的泥土
蓬勃着大地的渴望
青翠的树木像挺拔的丰碑
记录了多少震撼人心的英雄故事

南大岭巍然屹立
游击队长朱守二十九岁的生命
献给了这片不屈的土地
小孤山静默不语
十二烈士以身殉国
凛然浩气永存于天地

像一座座岩浆迸发的火山
似一柄柄刺向黑暗的利剑
无数先烈英勇赴难
用生命和鲜血绘就了共和国的春天
铁锤镰刀的信仰擦去了漫天的阴霾
战争的车轮戛然而止
东方的上空升起了和平的曙光

英雄的热血
已随历史画页的翻卷慢慢风干
不朽的精神,却在脚下的土地上
生根拔节,生长着不屈的民族魂
他们不是为了给自己建造一座丰碑
才视死如归,慷慨就义
他们的功绩却铭刻进不朽的青史

生命化作耀眼的长虹
横亘在历史的天空

巍峨与挺拔,峥嵘与葱茏
如火如荼的岁月
把东方巨龙的神韵
生动成历史画册中最壮丽的风景

和平鸽在蓝天上幸福地歌唱
传颂着盛世的佳音与祝福
和平的圣火,生生不息
燃烧着人类共同的祈愿

和平是正义的呐喊
和平是庄重的宣言
和平是蒲公英在所有心灵舒展的绽放
和平是人类最恒久的希望

这希望像盛开的寒梅
穿过历史的长廊
在苦寒中绽放,在肃穆中流芳
在丰饶的土地上弥漫着恒久的馨香

45 度角，我们凝望蔚蓝的天空
深情的大地，芳草萋萋
阡陌相连的田垄
我们的梦想在泥土间扎下根须
正繁茂地生长
蒲公英紧紧地贴近母土
用质朴的花语讲述和平的含义

45 度角，我们凝望——
蔚蓝的天空下
我看见，一个自强的民族
根植于绿色的沃土
正在茁壮成长
在传播喜悦与和平的秋风里
收割着殷实的果蔬和稻谷
收获着黑土地上升腾的希望

45 度角，我们深情凝望
凝望历史的天空
凝望和平的景象……

卯昌国,原为中国文艺家协会会员及当代作家协会作委会委员,著有诗文集《五味子》。

无名英雄赞

云南 / 卯昌国

无名英雄啊
您心中只有祖国和人民
祖国和人民也都把您当亲人
您不为名
但您的功勋却永垂不朽
您不为利
但您的精神却被代代传承
您的家人不知您长眠何处
但十三亿中国人却世代守护着您
您没有长眠于祖茔
但您却长眠于 960 万平方公里的土地
您为祖国和人民而倒下
无论您倒向何方
祖国大地都处处盛开英雄花
人民都世世代代把您来效仿

无名英雄啊

您是及时雨

哪里有大地干涸的唇

哪里就有您滋润的吻

祖国河山哪里有狼烟

哪里就有您护国的枪刺

哪里的人民有危难

您的英姿就在哪里

您轰然倒下了

您的事迹就永垂

您的功勋就不朽

您的精神就永传

您轰然倒下了

您的血肉之躯就化作护国长城

您的鲜血就化作江河乳养您的子孙后代

您轰然倒下了

您不死的头颅就昂扬成战旗

您不屈的气节就化作人民共和国大厦的脊梁

您献出的生命就化作人民共和国大厦的基石

您轰然倒下

您的名字无人知晓

但您的功勋却永垂不朽
但您英雄的精气神
却　　与苍穹同齐
与日月同辉

冷侬君，自由撰稿人，诗歌、散文等作品散见于各类报刊。诗歌曾在全国比赛中获得特等奖等多个奖项，并入选多本诗歌年选及诗集。

觉醒的枪声

上海 / 冷侬君

学做一只乖巧的鸟儿
痴心地歌唱
可是，哪里还有可依的枝头

昨天，还同舟共济
一起搏击风浪
今天却被取消了上船的席位

也许，既在一个屋檐下
只需避风躲雨
而帷帐内，埋伏了刀斧手

是时候了，不再幻想
旧藩台衙门前一声枪响
从此，勇敢者的脚步越过迷途
走向上山的路
在那偏远的农村
一豆火苗映红整片天

孙文华，四川省作家协会会员，眉山市东坡区诗歌协会秘书长。作品获眉山市政府"苏东坡文艺奖"一等奖、河北省"东坡诗歌奖"二等奖、《光明日报》"读书征文"三等奖等多种奖项。出版诗集《你看月亮的脸》等三部。

河西好儿女
——谨以此诗献给浴血河西的西路军

四川 / 孙文华

你们，都那样年轻
便浴血河西

生于这片土地
便将肉身和灵魂捧献
只为大地芬芳

永远那样年轻
年轻的微笑
把钢刀插进
敌人和自己的心脏

河西好儿女
我只想合上你
那一刻没有瞑目的眼睛
只想擦一擦
你布满硝烟和尘土的脸庞

八一
诗选
BA YI
SHIXUAN

只想贴在你耳边

轻声地说

我们是永远的后来者

邹冬萍，江西省作协会员，2015年江西省青年作家班学员。作品零散发表在全国各级刊物上，有作品入选数个文集。

我要用气吞山河的声音喊：
我爱你，祖国！

江西 / 邹冬萍

请允许我沿着长征的道路

走一走好吗

我要顺着前辈的足迹

丈量那二万五千里的草原与雪山

或许，我还要学会与野狼和平共处

学会与沼泽握手言和

如果可以，我一定还要学会

认一认那些只出现在课本里的野生植物

比如：灰灰菜、马齿苋、地仙苗、婆婆丁

一枝一叶，一根一茎，甚至每一个脉络

都撑起过红军战士的一片天

请允许我绣上一面五星红旗

好吗

红是鲜血的红　是那些

先烈们长征路上洒下的红

至于五颗星星

我想缀以国富、民强、繁荣与昌盛

最后一颗星

我想留给浩瀚的宇宙

它包容一切、创造一切

我们在这里生长，也将在这里死去

最后，请允许我

对着这面五星红旗敬礼

我要把自己的热血与理想

尊崇与敬爱贯穿到我每一个指尖上

我要把发自内心的呐喊

喊出我气吞山河的声音

——我爱你，祖国！

徐宏志，江西省作家协会会员，上饶市作家协会常务理事，江西省诗词学会理事，余干县诗词学会会长，余干县文化馆馆长，《余干文化》杂志主编。处女作《山羊贝贝的故事》获奖并由江西少儿出版社结集出版。先后在《中国青年报》《诗歌报》《江西日报》、中央人民广播电台等媒体发表作品多篇，出版诗文集《心海拾贝》。

与祖父书

江西 / 徐宏志

我越过一个甲子来见您　爷爷

我见到您的脸是黑色的　中华国土的颜色

您竖起两道剑眉　两座陡立的高山

一座是戚继光伟岸的身板　绽放失血的呐喊

一座是狼牙山厮杀的血花　闪烁信仰的碎片

您涌动着爱和仇恨的眼波　携来牡丹江遥远的涛声

我看到您的鲜血　凝固在那把卷了刃的大刀上

像发黄的史册　收藏着一段动人心魄的故事

故事的发生地：台儿庄

情节：旗帜、硝烟、战马、刺刀、呐喊、肉搏……

故事的结局：膏药旗变成一帖真正的膏药

贴在中国华北大地的伤口上

在 21 世纪的晨曦里

我看见您又挺起了钢铁般的身板

把自己化为天地之间一根巨型钢钉

将钓鱼岛牢牢地　楔在中国的版图上

您把身体挺进大地

把感情埋在黄土里

诠释了中国人不可辱的真理

我虔诚的目光仰视您　阅读你

读你不能成声

读小了自己　读大了历史

您的故事如黄河

流进我失血的胸膛

激荡起我生命之泉

您的名字叫徐兴中

这名字和您的战友王耀华、李卫国、张振汉

一样响亮

它们与祖国连为一体

超越时空　亘古长存

郑安江，山东省作家协会会员、山东省滨州市职工作家协会常务副主席。在国内外多家报刊发表小说、散文、诗歌及儿童文学作品 750 余篇（首），多次在各类全国性征文活动中获奖。

在八一广场仰望

山东 / 郑安江

站在一座丰碑的荫庇里向上仰望
看到那些坚硬的骨骼把天空支撑
阳光以另一种植物的形态
在我们的心田里生长

孩子们洁净的歌声鲜嫩诱人
让那些静默的石头有了温度
让那些灿烂成星辰的生命高过俗尘
在我们捧读的诗篇里
熠熠生辉

在那些骨骼支撑的天空
风雨渲染的背景波澜壮阔
鸟儿展开翅膀轻盈飞翔
在天空与大地之间，那么多美好的事物与情感
值得去珍爱

站在一座丰碑的荫庇里向上仰望
阳光更加清晰
我们对幸福的感受
更加清晰

高铁军,铁岭市作家协会会员,调兵山市作家协会理事。曾获"庆祝中华人民共和国成立 60 周年"红诗咏诵调兵山"诗歌创作大赛一等奖、铁岭首届端木蕻良奖文学大赛二等奖等奖项。

旗帜永远飘扬(外一首)

辽宁 / 高铁军

这是一个几经沙场的新兵
一次次枪林弹雨中　他
奔跑在尸横遍野的战场　总是
能把手中那面红旗
插在阵地的最高处
尽管那面红旗上有无数的弹孔
尽管旗帜上溅满了他和战友的血

多少年过去了
每天比太阳起得都早的他
端坐在电视机前
不为看新闻联播　只想看看
经他手传下的那面红旗
是如何升起的
今天他从大山深处
来到北京　来到天安门广场
当东方的太阳

和他天天看到的那面红旗
冉冉升起来的时候
他又想起了和他一起冲杀的战友
仿佛眼前的这面旗
又插在了高高的阵地上

爷爷的誓言

爷爷的誓言
来自那场战争
这誓言如同在党旗下的宣誓一样
坚不可摧

爷爷的誓言　只有几个人知道
更多的人只看到
一个独臂的男人
在烈士墓旁一守　就是几十年

爷爷的誓言只是一句话
很短很短　但与誓言相关的故事
说起来很长

长过那场八年抗战

就在抗战快要胜利的时候
爷爷负了重伤
是战友的扑救　保住了他的生命
而战友张勇的一腔热血却永远
沾染在战场上和他的记忆里
每当想起这些
他的泪就会落下来

抗战胜利后
他再也没有上过战场
他时常在睡梦里　被炮弹炸醒
醒来后就用左手摸一摸
仅有一寸长的残臂
而没有看到张勇

后来爷爷在张勇牺牲的地方
立了一块纪念碑　以后的日子里
人们总能看到身穿旧军装
胸前佩戴着抗战勋章的他

目光停留在墓碑上
仿佛在回忆着什么

多少年过去了
人们都来这里向英雄致敬
却没有人知道
爷爷也是那场战争的英雄
更没有人知道
他的誓言是:守望战友

这是爷爷被救后　许下的誓言
他只告诉了　我和爸爸

我的老父亲

江西 / 汪小波

九十岁的老父亲

此刻,浮雕一样安详

沿着岁月斑驳的二十七级台阶

站成纪念碑一样高耸的勋章

父亲的坚毅

从汉阳造的弹夹里上膛

击碎旧城上空遮天蔽日的腐朽没落

父亲的忠诚

浸染成南昌城头飘扬的血色旗帜

穿着草鞋踏破两万五千里雪霜

父亲是个血性汉子

嚼着草根树皮也要睁圆双眼

裹着泥巴塑成泰山一样不屈的顶天铜像

让流淌的血液风干在瑰丽的东方

倾听,复苏的吼声

带着湘音在苍穹回荡

在泛黄的纪念馆
我虔诚膜拜父亲那套已经褪色的军装
还有几支锈蚀的马刀土枪
父亲从墙上走下来
抚摸我的脑壳并嘱咐我抬头看远方

汪春茂，安徽省作协会员，中共黄山市政务服务中心第一党支部书记，徽州诗社社长。作品散见《诗刊》《星星诗刊》《安徽文学》等八十多家国内外刊物。

拜谒国际主义战士许家朋烈士陵园

安徽 / 汪春茂

秋后的时光　蔓延墓地
英雄许家朋　开始占据我心灵的
神殿

碑文上的文字
墓碑上的记忆
唤醒了　沉甸甸的历史

曾经的共和国　血雨腥风　风雨飘摇
曾经的伤痕累累　百废待兴
元气尚未恢复
一场战争的匆忙降临
难道又要抹杀　一个民族的复兴大业

为了新中国
为了和平和家园安宁
为了行进在敌人炮火中的战友

你不顾一切　毅然用身躯堵住敌人的枪眼
掐灭硝烟中扑向正义的魔鬼火舌

眼前的一株株苍松翠柏
让我相信　保家卫国绝不是一句空洞的口号
她需要千千万万个像你一样的
血性男儿

如今　敬爱的家朋
你可感知我的临近
我的崇拜与虔诚

因为——
我始终相信　彩云和白鸽
就是你生命里的阳光
因为——
我始终相信　你一定能感知
大地的颤动　还有那春天
层层叠叠的油菜花开

家朋　请允许我前进一步
让我再一鞠躬　二鞠躬　三鞠躬

怀念毛主席

江西 / 宋芳

这是一个春天
坐在乡下门槛的小椅子前
倚在爷爷手臂旁
时间在门口的树上停止了

还是那年春天
他拖着锄头从田头走过
看过子弹穿过脑袋的样子
听见过炸弹在别人的田头炸开花的声音
那年春天
天空没完没了地下起了刀子雨
他记忆里山头没有遍野的花朵

还是那年春天
他扛着锄头从田间走过
看过外婆穿着花裙子从田间走过的样子
听见过丰年在稻田里笑开花的声音

那年春天
天空是蓝的，汉子们撒下了汗
他的记忆里汗化成了山坡上的映山红

还是那年春天
他记起了锄头是立在杂货间里
依稀看见谷堆上的娃娃在打滚
门前大树上的小鸟忽地扑哧飞上了天空

这是一个春天
讲故事的爷爷又一次想起了
那个解放了全中国的人

王迩宾，山东省枣庄市委宣传部调研员，出版诗集《蔷薇岁月》《热土》《鲁南纪行》等。

写于南昌八一广场

山东 / 王迩宾

怀揣敬仰　我和黎明一起来到了这里

我看到国旗和太阳正一同升起

它升起的高度

刚好是鸟儿自由飞翔的高度

我看到火焰照亮了大地

先是星火　后是燎原

像无数先驱高举着火把　荡漾起伏　前赴后继

这飘扬的火焰一直温暖着中国

我听到了军号吹响的声音

那是国旗在空中飘扬的回声

大地　车流　梦和梦的天空

就这样醒来了

我爱国旗

就像热爱那年8月1日凌晨在这里升起的旗帜

我爱这英雄鲜血染红的国旗

我爱这经过风雨狂虐后依然鲜艳的国旗

我赞美它绽放的姿势

那是八一军史浮雕上奔走呼号的姿势

那是开放的姿势

那是中华儿女风雨兼程向着梦想前行的姿势

那是飞翔的姿势呵

像骄阳一样　靠光芒在飞

靠温暖在飞　国旗在哪里

哪里就是辽阔的天空

我赞美金色的五星

我赞美那错落有致的格律之美

那是团结之美　灿烂之美　那是来自黄土地

来自丰收的麦子　小米和大豆的金黄纯净之美

我看到八一起义纪念塔正久久凝思

在诗意的广场上

它用神圣和庄严与国旗互相比喻

彼此印证着一个民族的苦难　光荣和尊严
我看到国旗镀亮了人们的面孔
还原了干净　纯粹　明媚的光泽
每个人脸上都写着朴实的话语
勤劳　智慧　正直和善良

此刻　我想说　阳光和蓝天真好
那飘扬着的祖国的表情真好
我心中涌动着的诗情和感激真好
有一种爱　注定只能这么仰望着真好

国旗和太阳一同升起来了
那是大地上雄鸡引吭报晓的时刻
红霞如燃的祖国啊　在这一刻
推开窗户　打开门扇　向我们走来

韩咏，黑龙江省东宁县网信办副主任，在《人民日报》《文化月刊》《芒种》等报刊发表各类文学作品、文学评论 300 多篇，出版诗集《独坐良宵》。

诗八选一
BA YI
SHIXUAN

红色航向

黑龙江 / 韩咏

历史的河流是汗水和血泪汇成的
她用缕缕创痕述说着沧桑和彷徨
而对嘉兴南湖那条风雨中的游船
水流总是展示着清晰的航向

船上十几双渴求的眼睛
与阳光交汇出思想的光芒
真理是太阳释放的信念
也是太阳雄浑的歌唱
在嘉兴南湖响成不朽的涛声
昭示迎风搏击震撼世界的力量
流向九百六十万平方公里土地
营养和丰盈着五十六个民族的希望

铮铮铁骨把镰刀和铁锤合著的誓言
烙印在鲜血染成的旗帜上
收获着拔节的谷物和淬火的激情
滋养着火红的思想成为千古绝唱

长征·火炬

湖北 / 曾德枝

八十年前，有一束火炬
在崎岖蜿蜓的路上摇曳着
风吹灭不了它
雨淋熄不了它
因为这是一束精神的火炬

在火炬的引领下
一双带血的草鞋
走过了雪山　走过了草地
走过了所有的苦难

伴着红色的火种
红军走过了二万五千里
那五岭逶迤的豪迈
那乌蒙磅礴的气势
那金沙水拍的飘逸
那渡桥横索的悲壮

都定格在了毛泽东的《长征》中

在火把照耀的征途中
播种机播下了革命的种子
播下了新中国的曙光
星星之火就这样燎原了
一个大战略的转移
就这样诗意地完成了
当火炬传递到延安时
中国的天被照亮了

凌晓革，作品散见《诗刊》《北京文学》《青年诗人》等刊物。出版诗歌合集和折叠诗集多部。主编学校文学社社刊数年，获安徽省十佳及全国文学社团刊物一等奖。

方志敏

安徽 / 凌晓革

富裕的时候
应该想起他
强大的时候
应该怀念他

在潮湿的狱中
他把可爱的中国
刚刚描绘好
就被镣铐带走了
把血流光

他留给我们最重要的一句话
就是
清贫

忘记它的人
就是他的敌人

烈士纪念碑

广东 / 吴基军

一座小山　　静静坐在清清环河东岸

一座巨碑　　高高立在城市的制高点

茂密的林木　　长而整齐的台阶

任何时候都保持肃穆　　并等候

心存敬畏的人　　在碑前顶礼膜拜

绕碑三匝　　每一方都有鲜花

有名或无名的英雄　　都站到花岗岩的坚硬里

由点到线　　由线到面　　再一次组成

庞大的阵容　　在缅怀与崇敬的目光里

再现一部红色土地红色革命的经典故事

袁广衡，在《雨花》《北方作家》《诗选刊》等刊物发表作品，获"李行杯"全国绿色田园诗歌大奖赛三等奖。

第 24 海区

江苏 / 袁广衡

在这个海区
我丢失了一件海魂衫
我自责　没能把你拉住
一个波浪打来
就轻易地抹掉一个笑容
以致在无数个春天
都能梦到　你把烟
夹在耳朵上的那股神情

你常常一说话
就带上浓厚的家乡口音
舰上的人都称你为小上海
你睡上铺我睡下铺　一米八的大个
常蹬得舱壁咚咚直响
你吹起口哨走在甲板上
引得参观军舰的姑娘们
争着抢着要与你合照

在海龙宫　我想你是不甘寂寞的
肯定会把海的女儿骗到手

你没有事迹　没有报道
这仅仅是一次事故
但每次我们的军舰路过
都要拉响汽笛致意

红枫林，本名王爱玲，一名军嫂，河南省国税系统文学协会理事，《庄周文艺》杂志执行编委。作品入选《新世纪诗选》《华夏诗人大辞典》《中国当代实力诗人作品选读》等；出版文集《枫林心雨》。

军人，我拿什么来爱你

河南 / 红枫林

自从在魏巍先生的笔下邂逅了你
你挺拔的英姿和那一抹醉人的绿，就住进我的心里
从此，你成为我心目中最可爱的人
你的绿，成为天下最美的颜色

七月骄阳
将一池涟漪炙烤成金色的沙漠
寻寻觅觅中，爱，渴盼一片绿洲
那一抹醉人的绿呀
宛若一团绿色的火焰，荡漾心头

雪花飞舞，梅韵飘香
在凛冽的寒风中，我将一枚
熟透了的相思和一朵珍藏了三生的女儿红绽放
瞬间，幸福的心被波涛翻涌的绿浪淹没
只为那一抹崇高的绿啊
只为那一抹神圣的红，几十年如一日，痴心不改

我将那一根根长长的相思和着泪水

编织成一缕缕炊烟

飘荡在家乡与边关的上空,喂养一个个消瘦的日子

和那只有半个月亮的忧伤夜晚

如今,八一军旗在蓝天下迎风飘扬

那一声声嘹亮的军歌又在响起

亲爱的人啊,除了碧血、丹心、眼泪

生命,和那一腔泣血的爱

全都给你,融进你的旗帜里

全都给你,融进你的旗帜里

啊,军人! 我还能拿什么来爱你?!

李朝宏，中共党员，1978 年入伍，1999 年转业，中校军衔。毕业于解放军南京政治学院，现供职于大连市人民政府。系辽宁省电视艺术家协会会员、大连市作家协会会员，著有诗集《你是山》。

八月的纪念

辽宁 / 李朝宏

一群被枪和真理
武装了的人
朝着太阳的方向
从八月走来

树皮南瓜小米和信念
喂养的草鞋
留下一串串
腾细浪走泥丸的故事
让全世界玩味
让自己的敌人
惊叹不已

弹洞和硝烟风流的旗帜
召集一群群男儿女儿
蹚过日本人的刀丛
在密集轰炸中

越聚越多

唱着"向前！向前！"的歌儿
把一个民族的精神
传诵给人类

最可爱的八月
作为一种精神一种魂魄
镌刻在十月的门楣
只要地球还在运行
红星就永远照耀着
中国

吴捍东，江西诗词学会、江西省杂文学会、南昌市作家协会会员。

军人的忠诚

江西 / 吴捍东

大海——

大海的波浪

不时在我的枕边击打

浑厚的涛声

带我回到遥远的岸沙

那是我从军的日子

被海水一次又一次洗刷

无法站立的滚烫的甲板

无法站立的摇晃的炮塔

而我没有趴下

军人——

军人的钢骨

坚实是因为绝对的服从

因为绝对

才创造极品的军人

那血染红的旗帜

与我的血肉相融
那战无不胜的神勇
是附着在我身上的军魂

假若还有机会
我愿聆听军号的嘹亮
假若还有可能
我愿再次与战舰出航
假若还有希望
我愿在我的人生轨迹上
留下我
为祖国而战的永久

我是军人
我曾经是军人
我永远是军人
我热爱世界的和平
当然我也无畏邪恶挑起的战争
时刻准备着
献出我的热血和忠诚

八一枪声

江西 / 灵芝

1927 年 8 月 1 日凌晨
南昌城上空的第一声清脆枪响
划破了浓重的夜幕
无数的热血汉子
从我们读的史书中
大步走了出来

他们脖子上系着红领巾
他们手中握着钢枪
他们在我们的眼前
在我们的身旁
在我们家的附近
在我们熟悉的每一条街巷
他们把真理的子弹
一颗颗推上枪膛
再一颗颗射向敌人的心脏
他们从这片英雄的土地出发

军旗插在井冈山上
又在延安西北坡高高飘扬
最后红遍了全中国的山川大江
他们是一群伟大的殉道士
他们坚守一种崇高而纯粹的信仰
他们拼着血肉之躯
在枪林弹雨里
舍生取义前赴后继
他们的身后
长成了
一排又一排
一排又一排
一排又一排
……
钢铁长城

八一的枪声
穿越九十年时空
依然在大地回响
让每一个听到的人
血脉贲张

刘江波，转业军人，服役期间曾因新闻报道工作成绩突出，立二等功一次、三等功二次，被武警广东省总队评为新闻文化工作先进个人。现为广东省云浮市广播电视台新闻中心记者，市纪委、市委宣传部廉政文化研究员，市作家协会理事，广东省作家协会、中国诗歌学会会员。

军装·绿色的名片

广东 / 刘江波

我们是一棵棵

苗壮蓊郁的绿树

我们笔挺的姿势

矗立成一片片

挺拔的森林

森林遍布祖国大地

北陲、南疆、西域、东界

还有大地母亲的各条要塞

在霓虹闪烁的都市

我们矫健的身影

搜索巡逻　铁拳出击

我们坚定的信念

风雨如磐　无坚不摧

我们的名字叫

——军人

我们用铮铮誓言交给

祖国、社会、人民、亲友的
是一份份圆满合格的答案
我们用炫目的绿色光芒
亮出独特的名片
——军装

张方,原名张昌藩,在《人民文学》《诗刊》《星星》诗刊等国内外五十多家报刊发表作品。多次获全国诗歌征文奖。出版诗集《心路历程》《面对生活》《深度空间》《我是你的小苹果》等。著有《中国山水》上下卷、《诗话福建》《水墨福州》等。

读南昌起义将士名录

福建 / 张方

为了祖国眼睛的光明

一群将士　义无反顾

走进了九十年前的　一个

如磐的　漫漫长夜

参加起义将士名录上　一行行

长长名字　仍整齐地

排列着　等待起义的

第一声枪声响起时

冲锋陷阵的立正队列

这里镌刻着一九二七年

八月一日　黑暗中的南昌

第一面军旗在血与火中

诞生的日子

拂去厚重历史尘埃和硝烟

我们看到一个绞杀与诞生

全部惊心动魄的过程

虽然我们不曾谋面

在敬仰的高度　缩小了

彼此陌生距离　轻声朗读

这一行行——有的耳熟能详

有的似曾相识的二万多个姓名

仿佛能触摸到他们　单薄的军衣

挎枪的削瘦肩膀

甚至还能听到　他们呼吸

心跳　冲锋时的呐喊

在长长队伍里　我找到了

中国军魂的源头

就是这支英雄的军队

他们名字后来融入了梅岭

井冈山　夹金山　大别山……

穿着草鞋打着绑腿　从战争烽烟

一直走进天安门广场

汇聚为一群参加建国阅兵式的

威武雄壮队伍

名册上　从长长的英雄名字中
走出了六名元帅
三名大将　四名上将
二十多名将军……
他们中还有的　走进永远黑暗
走进人民英雄纪念碑
再没有回来　而英雄的名字——
这青铜的光芒　年轻的生命
早已在丰收的稻谷里金黄
在中国建军史上熠熠生辉
在猎猎军旗飘拂的呼吸中
永生不朽

陈思侠，甘肃省作家协会会员。酒泉市文学创作编著协会主席，主编刊物《新边塞》。作品散见《诗刊》《星星》《飞天》等刊物。出版诗歌集《我指给你看酒泉的春天》、诗歌诗论合集《雪坂上的白马》、散文集《漂移在酒泉的历史遗迹》等，荣获酒泉"五个一工程"奖、飞天文艺奖等。

红军草鞋

甘肃 / 陈思侠

一

这草鞋灰白、陈旧，但是你看

粗麻的筋脉，稻草的纹理

依旧清晰、密实

粘着泥土和稻香

仿佛刚刚掏出白发母亲的襟怀

带着亲人的体温和祈愿

温暖着革命征程上

英雄儿女的心怀

如今，它醒目，恬静

而又充满了凝重和庄严

像一册厚重的书卷

被瞻仰者打开

二

井冈山，茅坪的八角楼

我被一双红军草鞋

带进烽烟弥漫的 1934 年 10 月

赣南于都河畔

十万多双草鞋,十个不眠的昼夜

让小小的苏维埃新村

点亮千家万户的灯火

一针一线,缝的是父母的血泪

一双一双,带走的是人民的恩情

这来自大野的、最底层的

温暖的、坚韧的草鞋

夹金山的暴风雪中

诺尔盖的水草地上

结实的草鞋,一步一个脚印

记录着穷苦人翻身的历程

在二万五千里长征路上

就是战士脚上的风火轮

三

打双草鞋送亲人,送亲人

草鞋,草编工艺和中国结的合成体

它是穷苦人智慧的结晶

你看,它的钩织、穿引

纳进了美丽的田园山水

它的横针、插花

描绘了天方地圆的乾坤

红军草鞋

而今是人民心中的丰碑

井冈山、延安、西柏坡、北平

一双草鞋，走出了光明的大道

敲响了中华民族觉醒的钟鸣

我久久凝视着红军草鞋

它的色泽变得鲜艳、丰实

带来了中国乡村里朴实的歌谣

"打双草鞋送红军，

表我穷人一片心。

亲人穿起翻山岭，

长征北上打敌人……"

张德祥，中共党员，中国诗歌学会、山西省作协会员，已在全国 60 多家报刊发表文学作品。曾获中国铁路第六届文学奖、山西省文联创作一等奖。

播种·二万五千里

山西 / 张德祥

一路西进北上
长征——不屈的"播种机"
一支弯腰弓背的红箭头
酷似一张倔强的犁

沿着箭头的指向
犁头从大东南的红土地掘进
一犁下去就是二万五千里
直至大西北的黄土地
前仆后继的数十万播种者
万众一心，两年播种一垅地
一垅地就长达二万五千里

这是世界绝无仅有
最荒芜、最贫瘠的土地
最惨烈最悲壮的播种之举：
风霜雨雪、洪水猛兽中播种

烽火硝烟、枪林弹雨中播种
一路除偶尔见到的一点浪漫
多是金沙水拍，大渡桥横
乌蒙磅礴，五岭逶迤，雪山草地
两年，数万颗茁壮的种子
含辛茹苦　不挠不屈
被光荣地播进了二万五千里

数十万颗种子
万千的革命宝贝　乃是
经由南昌洗马池洗礼
从井冈山上采集下来的火种
宛若一棵棵生生不息的红杜鹃
以其无比的壮烈和强势
在两万五千里的万水千山开花
九百六十万平方公里大地结果：
不止崛起一个青春的中国
同一个早晨　还崛起一座
二万五千里高的精神丰碑！

童心，江西省作家协会会员，诗歌入选《2014 中国新诗排行榜》及全国 30 多个选本。参与主编《中国红色诗歌精选》等。获"第三届丁香湖诗会"全国诗歌大赛一等奖及诗歌奖若干。出版合集《中国诗歌地理·神州九人诗选》，个人诗集《中国诗歌地理·童心诗选》。现为江西《新法制报》青年文化专栏作家。

请相信我们不会忘记

——2017 八一建军节致无名英雄

江西 / 童心

当我们歌颂神州万里

我们在舞榭歌台听笙歌响起

当盛大的节日，阳光照耀鲜红的国旗

我们是否想到，我们忘记了谁

我们忘记的不仅仅是遗失的硝烟

也不只是没有统计在疤痕上的弹片

我们忘记的恰恰是，那些被遗忘的忠魂

他们怀抱着青春，用整个生命行程

写成无字的诗，握在掌心

历经风吹雨淋，如一棵老松紧贴大地

把共和国紧紧相随

我们该如何不忘

不忘我们该珍藏的记忆，面对那浑浊双目的不舍

那火星似的瞳仁光亮里，我们仍然看到

看到你手中的旌旗

我不是以诗人自居

我只感到，我该如何把自己叫作后辈

才能不辜负你鲜血换来的一切，虽然你从不
向我们索回，我们的良心
撞痛骨骼上的血脉，于是我听从血肉的召唤
一手扪心，一手举过头顶
我的先辈，我以心面对千里江山
请相信我们不会忘记

林杰荣，宁波市作协会员，多家媒体签约作家，多家文学网主编，在各类期刊发表作品 300 余篇，多次荣获国家、省、市级文学奖项，入选文集 30 余部，著有长篇小说、诗集各 1 部。

怒吼的中原
——记百团大战

浙江 / 林杰荣

四十万旌旗在狂风中飞扬
遮蔽了乌云滚滚的天空
几番怒吼响彻太行
中原雄狮开始亮出利齿尖牙

在黄土地上浇洒热血
灌溉的是一片赤胆
破碎的山河无法孕育果实
那就让热血来填补裂缝

用坚毅的胸膛迎接刀剑
那些见不得光的鬼魅伎俩
终究只是破铜烂铁
无法刺穿守护正义的决心
粉碎奴役的囚笼
让炎黄钟声传遍四方
让每一个渴望和平的角落
都能够听到胜利的欢呼

东海风，原名郭东海，获第五届珠江情征文大赛一等奖、首届伯奇文化征文三等奖、第二届中外散文诗歌邀请赛二等奖等全国征文二十多个奖项。

诗选八一
BA YI
SHIXUAN

1949·开国大典

广东 / 东海风

中国人民从此站起来了！茫茫宇宙

只有这一个声音最为高亢嘹亮

万物生灵为之动容而肃穆

那些大山，大海和岛屿

那些黑夜，历史和民族

都直起曾经弯折的腰

仰望太阳的光辉

即使有迷途，也走在路上

每个人都有自己的万里长征

每个人都在历史与时间的京城赶考

我们是先行者，高举鲜红的旗帜

只有让人民当家做主

只有全心全意为人民服务

这样的民族才能战无不胜

那一天，天安门上升起的太阳光芒万丈

一个声音震醒历史和时间

全世界人民都听到，全人类都相信

所有的生命都有尊严地站起来了

其然,本名陈红兵。作品散见《四川日报》《诗选刊》《星星》等报刊。《诗领地》编委、通联部主任。

敬礼

四川 / 其然

这一次
没有口令
几十只右臂齐刷刷地举起
面对这天空中最美的彩虹
面对昨天的自己

泪水在眼眶里相拥
泪水像雅安的小雨
几十个小时的相处
几十个小时的付出

灾难
把血和泪和感激
搅拌
搅拌成世上最真最纯的情谊
军礼和队礼
队礼和军礼

相携着走过最初,最惊魂的几十个小时
现在为了孩子们的学习
战士们要主动从狭窄的帐篷里撤离

这些被叫作"叔叔"的士兵们
其实也只是一群大孩子
这一身国防绿
让他们扛起了国家的重任
让他们扛起了人民的福祉

望着激动而又难舍的队礼
他们知道:这队礼
举起的含义——人民的利益高于一切

民谣，原名张建民，曾获《诗刊》社和《绿风》诗刊社举办的"西部的太阳——中国诗人西部之旅"全国诗歌大赛三等奖，第二届星光杯全国诗歌散文大赛三等奖等。

红豆作证
——一个志愿军老兵和红豆的故事

浙江 / 民谣

之一：两小无猜的红豆

只是那一低头的瞬间，一个秘密
像村口的海红豆那样疯长，你们过家家
就是数她掌心的红豆，一颗、两颗、三颗
要数到七七四十九天，你才解梦
你不敢泄露这个秘密，把它埋藏在春天里

不知数了多少个七七四十九，直到你披红穿绿
把红豆和秘密装进，她为你挂上的香囊
向北、向北，然后向东，跨过鸭绿江

之二：异国的追悼会

撕心裂肺的枪炮声，你根本数不过来
你无暇数香囊的红豆，只有偷闲看看南方的星空
但战争，却以迅雷不及掩耳之势
将香囊和与之相关的秘密，击得粉碎

一个庄严肃穆的追悼会,简单而独特
一座光秃秃的小山,一队衣履不整的军人
一棵无枝无叶的残树,悬挂一只破碎的香囊
还有一个属于你的秘密,如同战场的硝烟不肯离去

之三:无望的相思豆

战争,不能让女人走开
村口的海红豆,红了一茬又一茬
英雄不归,残破了香囊,迷失了红豆

泪滴一如女性温柔的双手,抚摸破碎的香囊
牙齿深深嵌入纤细的指尖,只轻轻一弹
血像一颗颗红豆,爬满爷爷留下的老宣
从此,红豆树下,一个画夹,一支笔
写不尽的黄昏,画不完的思念

之四:复活的诗人

依稀,你坠入童年的梦境
温馨、湿润,弥漫着淡淡的奶香
婴儿的啼哭惊醒了你,看见眼前阿玛尼深深的乳晕
你大声地恸哭,像个褓褓里的孩子

回望鸭绿江的刹那,你看到啼哭的婴儿和深深的乳晕
想起屈子,和那条属于他的汨罗江
还有不知所踪的香囊,迷失的海红豆
你毅然向西,然后向南、向南

之五:诗画人生

那晚,香囊、海红豆和那个秘密,被高高挂上囍字
你揭开她的红盖头,像轻轻地展开一幅画卷
画里海红豆疯长,苍翠而娇艳欲滴

你们毕生数着那红豆,亦诗、亦画、亦工、亦农
或大学讲堂、或嘈杂车间,或喜、或悲,或沉、或浮
红豆是你们如影随形的伴侣,阅尽人间沧桑
如诗的苦难,如画的平淡

之六:夕阳下的红豆

偶然的一次诗会,我看到一幅令人震撼的金婚图
苍翠的海红豆树,霜染的银发,如血的夕阳
相互扶持的拐棍,忘年的诗友画伴前呼后拥

在你们走进落日余晖的瞬间,我仿佛读懂那复古的背影
陶渊明用一生的才智和坎坷,讲述不为五斗米折腰的故事
板桥"四十年来画竹枝",画尽竹的清瘦高洁
你们用寸墨尺宣,勾勒红豆的精神家园

陈于晓，浙江省作家协会、中国诗歌学会、中国散文学会会员，在国内外报刊发表作品 2400 多篇，多次获中国作家协会、《诗刊》社、《人民文学》杂志社等举办的征文奖。著有散文、散文诗、诗歌集《与一棵老树对话》《听夜或者听佛》《诗眼看萧山》等。

阅读"八一"

浙江 / 陈于晓

"南昌起义，打响了武装反抗国民党

反动统治的第一枪⋯⋯"

走在八一广场，恍惚之间

我回到了童年的

琅琅书声中

儿时的历史课本，在明媚的校园里

缓缓打开：枪林、弹雨

青春的面容⋯⋯一幕一幕

徐徐浮现

如今，这时光里的"影像"

安静在八一广场

这是人民军队的广场

南昌起义、秋收起义、井冈山斗争、红都瑞金、万里长征

敌后抗日、解放战争、钢铁长城

这是浮雕，这是军史，这是人民军队的足迹

转过身,我看到了井冈山、庐山、三清山
三百山、龙虎山、仙女湖、梅岭、龟峰
这是祖国的山水,这是赣鄱大地的山水
这是炊烟温馨中的山水

这是人民的广场
人们在和风中穿梭
在阳光中穿梭,在商业中穿梭
在互联网中穿梭,在流光溢彩中
穿梭,一群孩子在奔跑
人们驻足,仰望纪念塔,仰望
"汉阳造"步枪,在英雄城
矗立起的高度

高处,是八一军旗,是蓝天
是白云,是翱翔的和平鸽

非马，本名杨骥，江苏省作家协会会员。作品散见《人民文学》《诗刊》等报刊，曾获金陵文学奖等诗歌奖八十余次，新写实诗歌流派的创立者，著有诗集《杨骥诗选》《尘世帖》等。主编《手稿》诗刊。

重上井冈山

江苏 / 非马

那些滞重的枪声与红缨

依旧在教科书的夹缝中

深刻地醒着

草鞋和斗笠在布满蒺藜的三十年代

小心翼翼地摸索

那个年代　盛产高粱和汉字的中国

严重贫血

革命打着厚厚的绑腿

在镰刀与铁锤的交叉口

匍匐或行进

壁临井冈　于一个初秋的日子

赣西南的大片脉峰粗犷地站立着

像一列列红军的队伍

顺沿蜿蜒凸凹的山路

顺沿蜿蜒凸凹的中国历史

浅一脚深一脚地打量这片

历史的宽度或高度

脚下的红土经历多年风雨的铸造

已变得质感触心

一种感知　一种力量从土地里

油然滋生

一寸寸潜过松垮的骨骼地带

将僵滞的精神翻打拍击

遥想当年那些沉重且有力的行军步履

从厚实的课本夹缝里

悄然撤退

又从山脚下急匆匆地追赶上来

一步步地装订

中国灵魂

重上井冈山　极目处

尽是标高的风景与人生

丁莹,笔名尚容、文锦等。北京大学法学院硕士研究生毕业。作品散见《北京文学》《大公报》《新华文摘》《书摘》《阳光》等报刊。

八年抗战

广东/丁莹

那场战争

像乌鸦巨大的翅膀　笼罩

断垣　尸垛　烧焦的山河在喘息

一个民族被剖开了心脏

血　殷红地流淌

被瞳孔放大成　海

铁蹄在狞笑　肆意地狞笑

古国文明被扒光了外衣

黄河长江这两条亘古的中国血脉

垂首　啜泣

是卢沟桥的愤怒　揭开了

心底的洪流　挟飓风骤雨

席卷困顿的神经

灼烧的肢体　屹立

一个东方小国的膏药旗

一枚枚跌落被践踏得支离破碎

似枯叶　让季节一度遗弃
可是那场战争
被血肉锻打成——史诗

狼牙山　平型关　台儿庄
海娃　张嘎　左权　张自忠　杨靖宇　赵一曼
一幕幕惊心动魄的搏杀
一个个灿若星光的名字
却滋润了共和国的　记忆

丁济民,笔名甄石,河南省作协会员。作品散见《人民日报》《人民文学》《诗刊》等报刊。2006 年以来获中国作协、《诗刊》社、《人民文学》杂志社等举办的全国诗歌大赛奖项百余次。

奇 葩
——写在红军长征胜利七十周年

河南 / 丁济民

一枝战争奇葩

绽放在　七十年前风雨如磐的中国

从瑞金到延安逶迤二万五千里

河流、雪山、草地、炮火

奇葩也穿越了皇皇五千年

浩繁史册

一支身着灰衣头顶红星和八角帽的队伍

蜿蜒行进　翻越

如海的苍山　如血的残阳

高举斧头和镰刀的旗帜

铸就刺破青天的锷

湘江血战　乌江天堑　娄山险关

大渡河凌空飞舞的寒光铁索

奇葩很诗意地从枪林弹雨中驰来

铁流滚滚　碾碎了炮火硝烟

面容清癯的毛泽东　挥动年轻的手臂
把奇葩绣在鲜红的中国革命史上
惊起了雷声

这奇葩根植在中国的山石和厚土之上
点缀在夹金山洁净陡峭的雪莲之上
浸润过陶渊明悠然瘦弱的篱菊
熟稔梦里铁马冰河的陆游暗香之梅花
在一个诗人的手中很肆意地绽开
染红了西风长夜的燎原火焰
拭亮了五星闪耀的祖国——

七十年后——
伟人和他的战友像清风一样散去
长征——史诗般被人再版　印刷
那枝奇葩
凝结在高大的人民英雄纪念碑上
正与时光和流云叙说

姜方，贵州省作协会员。作品散见《山花》《绿风》《飞天》《星星》等报刊。

潜　入
——致中共地下党

贵州 / 姜方

像蚯蚓潜入泥土，石头潜入河流
箭镞一样从容
由苏区潜入国统区、封锁区
由光明潜入黑暗
潜入龙潭虎穴，潜入敌人的心脏

需要潜入，需要生命的激流
需要沉降和伟大的匍匐
才能扼住敌人的咽喉
才能挖出地下的光明

需要隐去身份、姓名
潜入日常生活，潜入叶脉
肩负历史使命，潜到根的部位
潜到信仰的羽毛下，有时
也潜到敌人的屠刀上
血光四溅，将黑夜撕成碎片

最后才潜入曙光,潜入
历史的天空,成灿烂群星一片
潜入词典,成不朽丰碑一座
成生活教材的封面……

旗　帜

四川 / 林晓波

就是一块布
布衣的布

棉花的洁白
春蚕的情丝
编织成遮风挡雨的布
温暖人心的布

就是一块布
布衣的布
说小，就是风雨的补丁历史的膏药
血染的风采映红了大江南北
说大，那是 960 万平方公里的胸怀
56 个民族的博大精深

布衣的布，就是旗帜
在炮火中飘扬

在冰天雪地飘扬

在废墟上飘扬

在海浪边防上飘扬

在世界的东方飘扬

旗帜,就是一块布

中国布衣的布

举起来举起来

举到信仰的高度

就听见一片呐喊声,欢呼声

人民的国歌声

狼牙山

河北 / 高塔

1

涞源——易县

相距仅 100 多公里

日本——狼牙山

远隔万水千山

2

1941 年秋天

鬼子疯狂扫荡狼牙山

我第一次到你脚下

已经是 2011 年 9 月

3

五壮士好像钉子

牢牢钉在小学课本里

将后来人激励

又仿佛五枚石子

隐匿于历史的长河中
无声无息

4

好男儿就要驰骋疆场
面对倭寇亡我中华
灭我种族的危险
中国共产党人
义无反顾选择了抗战
五壮士投身历史的洪流
南征北战

5

"面对强大的对手
明知不敌也要毅然亮剑
即使倒下也要成为一座山
一道岭"
"风萧萧兮易水寒
壮士一去兮不复还"

6

五壮士机智勇敢
将鬼子一步步引诱到狼牙山
挑选有利地形节节阻击
且战且退

为了连队和群众的绝对安全
一个声音斩钉截铁地说——
"上棋盘陀"
选择棋盘陀是一条绝路
五壮士勇闯鬼门关

五壮士居高临下
将鬼子打得人仰马翻
弹药用尽就滚落一块块巨石
将敌人砸烂

五壮士身陷绝境
被困棋盘陀主峰
砸碎从敌人手中抢来的枪支

纵身跃下悬崖

仿佛鲲鹏翱翔在蓝天

7

五壮士是中华民族的脊梁

为中国军人树立了榜样

像启明星升起将燕赵大地照亮

8

一座永恒的纪念塔

五壮士英勇跳崖的峰顶矗立

他们用鲜血浇灌的热土

早已成为著名的红色旅游胜地

9

狼牙山

你是埋葬鬼子的坟场

你是中国革命的摇篮

在新的历史机遇面前

你继续谱写辉煌的篇章

谢颖,获中国首届梅花诗歌奖,已出版诗集《目光的深度》。作品散见于《河南日报》《散文诗》《诗探索》《创作评谭》等。

八一的旗帜（外一首）

江西 / 谢颖

我所认识的人民,是海洋
他们的内心深处澎湃着涛声
没有任何礁石可以阻挡海水的前行
礁石的阻拦只能激起海水更为强烈的吼声

我所知道的人民,和每一个日子一样普通
1927 年 8 月 1 日这一天,成功连上了人民的血脉
这一天,诞生了属于人民的枪声
以枪声为春雷,喊醒整个春天

海洋汹涌着力量,日子一步一步推动历史
人民信仰血液,同时也信仰有亮光和色彩的生活
血液催着心跳捶打黑暗的铁律
那些枷锁也将要成为战斗的武器

旗帜,必须和血一样鲜红
必须有着和我们血脉相连的神圣

而八一这一天，才有资格走上旗帜

接受人民的致敬，并开始指引人民去战斗

子弹撕开夜幕

这是 1927 年的黑夜，许多人的心里也都黑透

更多人的生活被哭声掩埋

还有寒风，握紧了他们的希望

身上的鞭痕将疼痛深入骨髓

他们藏起内心的火苗

伏下身子，不敢抖开身上的脚

甚至连怒视的眼神，也咽下肚里

没有人敢做提着灯的人

子弹，将浓夜撕开一道口子

这是夜晚的伤口，却是大家的出口

怒吼终于冲出深喉

黎明和她的光芒，正在慢慢占领黑夜

井秋峰，河北省作家协会会员，廊坊市作家协会副秘书长。获诗刊社《诗刊文库》优秀诗集奖、河北省十佳县域诗人等多个奖项。诗歌散见《诗刊》《诗选刊》《星星》等多家刊物。出版诗集多部，2008 年开始独资设立每年一届的"井秋峰短诗奖"。

在侵华日军南京大屠杀罹难同胞纪念馆

河北／井秋峰

一

七十年，多大的一座山啊
纪念馆是连接今天与昨天的隧道
走进纪念馆
穿越到 30 万同胞罹难的日子

二

枪炮声，悲惨的哭喊
整座城市是一口大锅
人在锅里，禽兽在锅外
砍杀，枪杀，焚烧
放下武器的军人，无辜百姓
成了侵华日军的美餐

三

罹难者名单墙

密密麻麻刻满了名字

那么多生命

是暴风雨吹落的花朵

侵华日军把南京变成人间地狱

那些日子，平均 12 秒就有一人被杀害

一盏灯熄灭，又一盏灯熄灭

他们是孩子的父母

是父母的孩子

是妻子的丈夫

是丈夫的妻子

他们无法瞑目，死是永别

是一去不回

是天底下最大的无辜

侵略者是狼，被侵略者是羊

狼的眼睛里都有牙齿

四

城破家亡，白骨累累

三分之一建筑被毁

一天发生上千起强奸暴行

"覆巢之下无完卵

弱国就要挨打"

侵华日军南京大屠杀罹难同胞纪念馆

每张图片,每件物证

它们都在说话,举着一面镜子

对照,我看到了自己的颓废

偌大的祖国

对于她的强大,我一个旁观者一样

把汗水留在体内

将才华藏到纸上

纪念馆里,沉默的我

边走边看

从进馆到出馆,纪念馆是一台刻字机

自强不息,刻在我心里

五

走出纪念馆,繁华的城市

多像一幅画

侵华日军南京大屠杀死难同胞丛葬地

是一枚钉子

挂画的钉子

翠薇,原名崔会军,山东省作家协会会员,聊城市诗人协会副会长,聊城市东昌府区文联副主席。作品散见《诗选刊》《绿风》《青海湖》等刊物。出版诗集《在内心,种植一盆兰草》。

一位老兵

山东 / 翠薇

他有无数奖牌　纪念章
占据着精神的高地
金属质地　光芒闪烁
挂在胸前就是一个个小太阳
令他心窝里温暖,激荡着力量

他有带着弹孔的军装
不压在箱底　就摆在枕边
时时抚摸着当年的体温
透过布面依稀看见枪林弹雨

他有两粒子弹
带着风雨闪电尖锐呼啸
他带着它们
一起呼吸　走路　睡眠
子弹在他热血里滚动
一粒在胸膛里　一粒在大腿上

英风永在
——八女投江的壮举
北京 / 李建国

1938 年夏天，日军剿杀东北抗联
围追堵截，疯狂嗜血，冷酷凶残
抗联战士且战且走，一路伤亡惨重
乌斯浑河咆哮挡路，形势十分严峻

八名女战士，掩护部队，吸引敌人
生死关头，高呼战友，自我牺牲
"快往外冲，保住手中枪，抗战到底！"
浴血拼杀，背水一战，战至弹尽

宁死不做俘虏，悲壮唱响战歌
挽臂赴水，集体沉江，壮烈殉国
"八女英灵，永垂不朽"，巾帼雄风
纵观天下，烈女标芳，震古烁今

康克清题写的八女投江纪念碑文

空也静，本名魏彦烈，青海省作协会员。作品散见《诗刊》《诗林》《四川文学》等刊物。获昆仑文艺奖，唐蕃古道文学奖。

军　号

青海 / 空也静

军号释放着不同的指令

我多年都被这些声音不断地敲打

成为一把锋利的刀

习惯了遵从军号表达的意思

起床、洗漱、吃饭、训练、熄灯

已忘记了冲锋

忘记了一把铜质的军号

怎样从死人堆里爬起

带着遍体的伤痕

现在就躺在军史馆的玻璃柜里

多么安详

像一名身经百战的士兵

时刻都会站起来

柯伦，本名柯有祥，作品散见于多家报刊，并入选多种诗文集，发表作品近百万字。曾获湖北省首届"莺歌杯"青年诗坛大赛优秀奖等奖项。

纪念碑

湖北 / 柯伦

似乎要冲出战争的包围圈
将一柄血刃的剑锋刺破天穹
大理石隐忍锋芒的故事和苦难
匍匐大地，默然跪拜

松柏静默得毫无声息
只能在根部深处，谛听松涛
菊花谦逊地，含苞垂泪
飞鸟在远处，合翅仰望

走远的云彩忍不住顾盼流连
一群枫叶染红了记忆的白衫
阳光穿过胸膛射出断裂的震撼
隆起的山，截断高出的头颅

抚摸冷峻的石碑
仿佛击倒心灵的神仙
深沉的灵魂碰击石座
爬满炮火残酷的硝烟

徐贵保，江西省作协会员，南昌市作协副秘书长、常务理事，《诗江西》诗刊编辑。作品散见《诗刊》《名作欣赏》《创作评谭》等报刊。自印诗集《翅膀鼓动的乡风》。

八一起义纪念塔前的一群农民

江西 / 徐贵保

南昌的八月，像坛

千年的佳酿，浓郁热辣，而又醇香

南昌的天空，碧蓝碧蓝

如一块洁净的绸缎

八一起义纪念塔前，伫立着

一群衣衫整洁的农民

这群农民

我的兄弟姐妹父老乡亲

他们默默地仰视着纪念塔

苍劲的铭文，雄浑的浮雕

以及塔顶飞扬的军旗

军旗

像一位顶天立地的英雄

他们表情严肃，安详

他们深知

没有当年激烈的枪声

就没有今日的自由安康
宽敞的道路，林立的高楼
早已抚平了战争的创伤
葱郁的草木，鲜艳的花朵
日夜告慰长眠于斯的无数英烈

他们目光清澈
仿佛有一条明亮的河在内心流淌
这群新时代的农民，虔诚地献上
稻草编织的花环
泥土的芳香
在城市的心脏
在清新的风中　飞扬

子　弹

江西 / 钟新强

呼啸前进

对于如磐的黑暗

子弹用火光说话

前进　前进

一批批子弹前仆后继

它们的力量源于

因压迫产生的愤怒

从不迷路　正确的方向

来自一面红旗的指引

带血的子弹

射穿天庭黑幕

曙光倾泻下来

天,就亮了

潘硕珍，作品散见《诗刊》《飞天》《天津文学》等报刊。出版诗集《行走陇中大地》《牛背上的春之声》。

毛泽东

甘肃／潘硕珍

没消耗过一粒子弹的你

早就懂得枪杆子里面出政权的硬道理

刚刚走出气氛严肃的会议室

便携带上镰刀和锤子

亲手点燃工农武装割据的星星之火

从井冈山蔓延向神州大地

要把豺狼野兽统统烧光

爬过雪山穿过草地

站成清凉山顶的一座宝塔

眺望起伏的万里长城

这条永不屈服的东方巨龙

黄河在你的血管里澎湃

覆盖北国的一场暴风雪

分明是你弹落的烟灰

愈吸愈红的烟头

是一枝独秀的红梅

有那么一段时期
你像一名出色的园艺工
你把老百姓　那些长短不齐的筷子
插成篱笆桩
胜似刀枪不入的铜墙铁壁
你又磨砺出他们的锋芒
射杀蝗虫般的伪军和鬼子

你还给刚刚换过军装的人民子弟兵
灌输革命英雄主义的勇气
终于打败了美国佬那只纸老虎
使草头将军的虾兵蟹将们
全都喂了东海的鲨鱼

你这嗜好辣椒的湖南人
是白羊肚手巾和兰花花心目中的大救星
使四万万同胞
体会到了站着做人的尊严

王长江，退伍军人，作品散见《空军报》《楚天都市报》《甘肃青年诗刊》等报刊。

雨中的哨兵

江西 / 王长江

一声惊雷，从九十年前的夜空滚过

接着就是一场雨了

疾风暴雨，席卷大地山河

许多年以后

你站在雨里站在夜的中心

你是夜里唯一醒着的人

是什么让你暗夜来临仍然张大眼睛

在英雄城，霓虹闪烁

你无法相信霓虹，不信它真能

将黑夜照亮

你只相信东边的那团火，相信

星星之火可以燎原

此时

你是雷声唯一的，忠诚的知音

你是风雨唯一的，匹配的斗士

你是九十年前夜火的传递

你是夜空下一粒警惕的心思

直到城市醒来

你方将自己付与黎明

田放，中国作家协会会员，天津诗社执行理事、太阳树文学网创始人。出版诗集《太阳树》《太阳之光》等四部，文集《太阳林》一部。作品散见《鸭绿江》《诗林》等报刊，在全国诗赛中多次获奖。

诗选八一
BA YI
SHIXUAN

别　情

天津 / 田放

就这样分手了　兄弟
我们同撑着一把雨伞
遮住了满天的泪水
我们是怕把珍贵的情谊湿透啊
那会在心头留下
永远也晒不干的思念

你这个那拉氏的后代
短短几天的诗会
我没有机缘看到你持枪跃马的彪悍
却看到你与诗友们举杯同祝的豪爽
当你挽着我的手臂登上长城
我突然发现
你就是长城

也许我们就像两颗偶然相撞的行星
碰撞之后再也无缘相见

然而,真诚的心灵相撞
只有一次就足够了

如果有一天
一只金色的喜鹊
衔来你军营立功的消息
我会举一樽美酒
遥对你所在的军营高呼
为我们的军旅诗人干杯
为我值得骄傲的兄弟干杯

林万华，在国内多家报刊发表作品，短篇小说、散文、诗歌获征文奖。

标　高

北京 / 林万华

山腰上的哨所不足三百平方米

伫立在哨位上的战士

与身旁的国旗杆为伍

他脚下的标高 3652 米

比他高的是背后的雪山

比雪山高的是头上的天空

战士眼里

天空与雪山

蓝与白

是哨所壮美的底色

我眼里

红旗，五星红旗

战士双颊上熟透了的石榴红

才是哨所最美的底色

她的标高

超越 3652 米

张士国，滨州市滨城区广播电影电视局电台记者。在中国作家金秋笔会全国征文评比中荣获一等奖。诗歌《党旗飘扬》荣获 2012 年"时代颂歌"全国诗歌散文大赛一等奖。2013 年度中国文学网络人气王·十佳诗人。

诗颂杨靖宇

山东 / 张士国

我不敢评价杨靖宇

我只歌颂杨靖宇精神，东北抗日联军

雪地里有你清晰的脚印

你胆识过人　指挥有方

是我心目中的英雄

你率领的年轻战士

逐步成长为党的新鲜血液革命的骨干

拳头有松有紧，你的打法科学谨慎

松有驰　张有度，令敌人闻风丧胆

不敢靠近

我观看央视《东北抗日联军》

每晚和你一起战斗

无比憎恶日本鬼子

恨不能像你一样抬抢一个一个把他们毙掉

将它们可耻的灵魂

埋葬在我们的脚下

叫日本侵略者有来无回永不翻身

每当夜晚，我准时与你靠近
不便交流我只能用我的祈祷祝福我的亲人
林海雪原寒风刺骨没有水米不能生火
抗联战士为了祖国历经磨难令侵略者闻风丧胆
鬼子出没被你的机智弄得晕头转向雪地里都找不到脚印
你与赵尚志赵一曼周保中李兆麟
分分合合引诱敌人出其不意攻其不备游击战打得出神
焦头烂额的敌人被你玩得恼羞成怒伤透了脑筋

我时刻关注着你，杨靖宇将军
我愿在你的手下做一名抗联战士
学会打枪枪口瞄准敌人
抗战胜利 70 周年了，杨靖宇将军
是你的鲜血和生命和像你一样成千上万的革命先烈
为了祖国美好的明天献出了生命奉献青春
我们时刻牢记你，杨靖宇将军
时刻牢记和弘扬靖宇精神
像你一样为了我们的祖国奉献生命和青春

刘金忠，退伍军人，现任河南《焦作日报》副刊编辑，参加过第 11 届青春诗会，在《诗刊》社举办的人民保险杯诗歌大赛中获得三等奖。

宝塔山

河南 / 刘金忠

黄河发出怒吼时
中国的定海神针在这里

宝塔山喜欢信天游
我的诗也必须采用这种句式

其实宝塔山并不算高
它只比民国高出一头

鼻音很重的宝塔山
喜欢扎着羊肚手巾，用羊群说话

这里曾是胜利的根据地
南泥湾也不仅仅生产粮食

宝塔山下有许多窑洞
每一孔，都是远眺的目光

它让我想起托塔天王手中的神器

落下来,就罩住八百万蒋军

随着那支挥师东进的部队

枣园的枣,红透了整个中国

付明江，作品散见中央人民广播电台、《解放军歌曲》《人民武警报》等媒体。入选人民音乐出版社《井冈山颂歌》《振兴江西征歌·获奖歌曲集》等多种选本。

前进！人民武警

作者 / 付明江

一阵阵，像巨浪咆哮
使大海哑然无声
一排排，如翠峰移动
让高山失去威风

走过来了，走过来了
豪迈的橄榄绿阵容
剑的光芒，火的旋律
拧成一道奔涌的长城

这脚步从边境走来
带着战场的泥尘
这脚步从海疆走来
带着缉私的涛声

这脚步从火场走来
带着灾后妇孺的笑容

这脚步从长街走来
带着祖国的安宁

这脚步合着时代节拍起落
这脚步伴着人民心声跳动
英雄的人民武警迈步前进
走向中华民族伟大复兴

英雄忆

安徽 / 李进

你走了,带着七个手榴弹

一条命,抵一辆坦克车

昨夜,你沉默了很久说——

我不回去了

你刚从黄埔毕业

将自己生命中的无限可能

砌成一块英雄碑

十个兄弟两个回

集结号一吹,再次冲锋

在残肢和血沫间夺回据点

祖国山河　寸土不让

沿着你倒下的路

筑起血肉的长城

血水滴在赤红的枪管吱吱作响

老兵回忆时嘴唇一直颤抖

他一直喊,兄弟等我!
等我和你相聚
让我把最后的子弹
送进敌人的身体

王武香，句容市诗词楹联协会会员，南社《印象南方》特约编辑，诗歌散见《东方女性》《印象南方》《诗人文摘》等。

存在的交谈
——纪念罗瑞卿将军

江苏 / 王武香

"太阳终归出，一样照人行"

天空明亮，我们的交谈

飘着暖阳的味道，跳过多余的路途

沿着图书馆的墙角铺散开来

安静得像这里从未居住过人

读友们陷入情节，故事穿上了新装

故人们走出来，忙着叙旧（你没有挪身），侃侃高谈

嵇康，张仪，罗伯特·彭斯，博尔赫斯都可入题

他们谈起瓦斯爆炸，秦淮琴声，熔断新闻，人体艺术

最后说到一条河，有关顺流还是逆流的问题

各执一词，没有一种声音属于我

昨天的人没入黄土

或待在书架上，演绎尚不存在的故事

枯草执着，败了会再开，面目常新

间或打盹，不妨碍生命的新鲜

你走下书架，说了句

"太阳是热乎的，这土也是热乎的"

注："太阳终归出，一样照人行"，两句摘自罗瑞卿将军的诗歌。

高发展，江西省作家协会会员、中国化工作家协会会员、中国诗歌学会会员。作品散见《绿风》《星星》《作品》等报刊，著有诗集《庐山恋》《江南好》。

诗八选
BA YI
SHIXUAN

最后一个军礼

江西 / 高发展

放飞的鸽子

一朵云，俯瞰哨所

流水的士兵

举起，最后一个军礼

眼睛模糊了

直线加方块的军营

持枪，门口哨兵并拢脚跟

军号声声，听过最美的声音

停靠站台的专列

车厢，窗口，绿色涌动

领章摘下的痕迹

领口，还原最初的新鲜

殷红,原名肖声福,江西省作家协会会员,作品散见《诗刊》《星星》《解放军文艺》等刊物。先后获两届"江西省谷雨文学奖"等数十个文学奖项。出版有诗集《流动的日子》等。

朱德的扁担

江西 / 殷红

把名字刻在扁担上
刻在
农民的目光里
那个老兵朱德
朴素地揭示了
红色军队的本质

从此,他们脚下的道路
尽管坎坷曲折
他们的脚步
却不会战栗
子弹穿破的旗帜
每一次
在险要关头
都被朱德的扁担
牢牢支撑

远远地投射出去
那支箭
射中了遮蔽太阳的乌鸦
光明流淌下来的时候
世界从扁担的力量中
认识了
扁担上的中国

东来,原名杨卫东,中国作家协会会员、中国诗歌协会会员、鲁迅文学院第十八期中青年作家高研班学员,辽宁省作家协会理事,沈阳市作家协会秘书长。作品散见《诗刊》《诗选刊》等报刊;出版诗集《浴血山河》等8部。获全国诗集、诗赛奖若干。

国庆日,我想起家乡的小岛

辽宁 / 东来

我的父辈居住在一个小岛,那是

在北方为数不多生长着菩提树的地方

仅有的几棵菩提树,总在十月

刻意装扮自己婆娑的枝叶,像是

为庆生预备的花束,迎风摇曳

我知道,它是为金秋喝彩

为能把金秋如期送来的季节喝彩

八角井的水至今清冽通透

忘了问父亲,我小时候可曾淘气

把石子儿扔到井下,期望井水

层层绽放我甜甜的笑脸

我只知道,当唱晚的渔舟撒开满天云霞

兜起的都是沉甸甸的喜悦和幸福

当年闯关东的父辈,没有想到

他们的子孙能在这个小岛上开花结果

落地生根,那是1949的阳光

照亮了他们最后选择的栖息地

新纪年的阳光从十月一日升起，父辈们

在这温暖中安顿了自己的家

他们知道，从此不用再颠沛流离

总忆起外婆在油灯下补着渔网

母亲在金风中编织着与落霞齐飞的渔歌

父亲出海带回的鱼儿欢快地溅起一地月光

多醉人的一幅江山大美图呵

祖国安顿下来，我们的家就能安顿下来

很多时候，我远眺大海中的小岛

它像珍珠一样镶嵌在祖国的北方

驾起银帆在它的周围巡游

我知道，我的故乡是海岛

我的故乡更是我的母亲、我的祖国

如今，像这菩提树伸出的满地秋色

父亲把肩上的担子交给了我

我能读懂他临终前嘱托的眼神，以及他

最后有力的一握

军人的儿子

知道自己的位置与担当

我把朝霞围在身上，用蘸满激情的白云

在蓝天上写道：祖国呀，每年这个时候
我都会为你生日祝福：你好，家乡的小岛就好
我愿意成为你忠实的守护者
不让它受到任何海浪的侵袭，直到永远

张圣华，毕业于空军飞行学院、空军导弹学院。系中国戏剧文学学会会员，中国文学院作家协会会员。著有诗集《沥血的火焰》。现任职中央人才工作协调小组指导刊物《中国人才》杂志社。

蓝火焰

北京 / 张圣华

五千年历史在燃烧

燃烧成太空深处永恒的蓝

燃烧成人类智慧流动的蓝

我来了　在炽热的光芒中

穿越了远古的变迁

向着太阳的方向追寻火焰

那蓝色火焰中

有父爱之山深厚的积淀

有母爱之河温情的蜿蜒

那蓝色精灵里

跳动着自由和正义的脉搏

承载着世界的风雨雷电

以时光的色彩淬炼远古的奢华

以流星的母体绽放沥血的忠贞

以生命的基质演绎华夏的变迁

火焰是炽热的

常常需要把血泪点燃

那最深最纯的蓝

凝结了多少灵魂的期盼

我是一米星光

守护在蓝色天空里

为了这蓝色火焰不受污染

我愿用生命去兑现誓言

飞行在跃上九霄的瞬间

放飞了童话梦

而信念却在穿云破雾中

铸就了忠诚

云层上没有宫殿

但却有比宫殿更美的向往

发动机的轰鸣与浪漫的云霞

绚烂了寂寞而孤独的穿行

把使命铸在心上

在和平的航道挥洒豪情

每一次与闪电擦肩

都是在母亲的目光里播种

有一种壮行

抛掉了　天然的温情

当你返回大地寻找时

不得不触碰　伤感与陌生
不是所有的浪漫
都会舒缓惬意的忘情
那闪烁的跑道灯
是我心灵最美丽的彩虹
时刻等待我一次又一次出征
和平让战机　冷却了激情
战争却随时待令
沉默是暴发前的风景
那一腔热血终将抛洒公平

春之木,本名李明,中国诗歌学会会员,山东省作家协会会员,山东青年作家协会会员。诗文散见《人民武警报》《人民公安报》《诗选刊》等报刊。

步入军营

山东 / 春之木

一个古老的村子于冬日彻夜不眠

一位父亲摘下老花镜,当众恣肆两弯亲情之河

一位母亲默默如金袅袅燃香一炷,下跪,磕头,祷告

一位村姑在人群最后挥动头巾,面如桃花

我的军用挎包,因装满核桃、板栗和炒过的花生不堪重负

我听见我生命拔节的声音清晰、嘹亮而辽远

我说雪花再飘的时候我会回来讲述军旅生活的故事

可在必经的路口与岔道口

爱我和我爱的人早已为我填平沟壑、陷阱,插如椽路标

前面是充满阳光与雄性的军营

后面是厮守多年的家园

因一种向往,我义无反顾

叩响小径一首尽写离愁的歌

去接过一支首长授予我的钢枪,然后,举枪齐眉

而走时,惠特曼的草叶于风中为我打一路呼哨

震颤中,什么东西从男子汉的双颊轰然滚落

我情感的闸门竟是如此容易被撬

张伟彬,深圳市福田区作协会员。作品散见《深圳特区报》《宝安日报》《深圳侨报》等。2012 年荣获《深圳特区报》成立 30 周年征文比赛一等奖。

诗选
八选一
BA YI
SHIXUAN

裁军,再敬一个绿色军礼

广东 / 张伟彬

裁军,一片绿叶飞离母树

30 万片绿叶,30 万绿色军礼

离,是奉献新的生命力

钢枪和战士,与飘飞的叶子道别

城市与边疆,枪膛催发的两行泪

卸重甲,那精锐之师的马背

扬鞭跨过 30 万首绿色离歌

退伍,一曲绿叶对根的情意

只要大树一声召唤,又是一片橄榄绿的新生

一颗永不生锈的子弹

再敬祖国一个绿色军礼

朱恋淮，军校在读军旅诗人，出版个人诗集《虔诚之温柔》。

怀中的枪

江苏 / 朱恋淮

我搂着怀中的枪
从天而降的刺青
落在我身上不可阻挡
这黑色的冲动带着些许冷漠
用黑色的瞳孔
接见所有来犯之敌
口干舌燥
热血灼烧

我搂着怀中的枪
枪是沉的
所有人头也是重的
我的枪让人的本色　隐秘　厚重
不是因为消灭很多
是因为保卫很多

我搂着怀中的枪
爱得发烫

邓启权,中国作协会员,参加过自卫反击保卫边疆战。台北故宫书画院特聘终身名誉院长、终身教授和华夏文艺出版社终身社长。作品散见《人民文学》《文学报》等百余报刊。有诗歌、报告文学、史志等多部专著出版。获首届中国文艺孔子奖最高成就奖等奖项。

诗八
选一
BA YI
SHIXUAN

排兵布阵

四川 / 邓启权

十五个新的军委机关,
正绘制劲旅崭新"八卦图"。
国际风云为砚,
未来之需为笔,
五湖四海为墨,
九百六十万平方公里的疆土,
三百万平方公里的海域。
筑起我们的铜墙铁壁,
一张中华守土镇妖图。
装着十三亿父老乡亲的渴望,
绘上未忘却的历史践踏和耻辱。

马瑛，广东省作家协会会员。作品散见《诗刊》《星星》《诗选刊》等百余种报刊。

八一最初的光辉

广东 / 马瑛

血染的悲壮，在泥土里埋着
未来的命运，在肩头上扛着
荆棘载途，沿老路该怎么走下去

从南昌花园角 2 号走出来的果断
第一声枪响针对谁？
压进枪膛里的已经是：觉醒

心头的恨在准星上找到目标
手上的力在扳机上找到定位
真理，原来就在枪杆子里面

路有一千种走法。在特定年代
有什么疑问，枪替我们回答
有什么话语，枪替我们表达

赵德文,中国少数民族作家学会会员、云南省作家协会会员。作品散见《民族文学》《边疆文学》等刊物,出版诗集《没有鸟的天空》等 3 部,散文诗集《第九根月光》,文学评论集《心灵的回声》,出版民族文化著作 6 部。

金色的鱼钩

云南 / 赵德文

道路的方向在水泽中延伸
黑夜像千万只蝙蝠出巢
眼睛是天上的星星
一直在沼泽的水塘里闪烁

四个红军战士依偎的火塘
沼泽的湿气依然从脚底
蠕动攀援,火塘的温度
让四个人感觉到了草地的温暖

天亮了,三个小红军伤员饿了
老班长答应要让他们吃上鱼
芦苇秆拴着的鱼钩在泥水里放下诱饵
老班长在沼泽里掐着苦涩的野芹菜

手指大的小鱼加上野芹菜
一锅鱼肉汤的素水寡味
三个小红军捧着缺口的土碗
夕阳在沼泽里垂下金色的鱼钩

八一英雄纪念塔

广东 / 董兴伍

汉白玉

革命的英魂

无论白天黑夜

无论狂风骤雨

无论过去现在和未来

永远顶天立地

这首先辈们用鲜血和生命书写的诗

传颂千秋

这块先辈们用骨头和魂魄筑立的丰碑

警醒万代

在碑前,让我们

献上金菊

敬军礼

鞠三躬

缅怀英雄

曹天成，参加《作家报》社文学创作函授诗歌专业班、鲁迅文学院文学创作函授班，诗歌作品发表在《作家报》《登封文学》《扬帆文学》等。

朱德诞生的仓房

四川 / 曹天成

这里的风吹唱着一个个传说
这里的山不再布有岚障
可这里留下的
仍然是贫穷落后时代的中国
被一些迂腐的思想指使
把这中国的板块
刻得满目疮伤

就这么间黑洞洞的仓房
从门缝挤进一丁点儿亮光
那架陈旧的床上
她，曾孕育出一个民族的灵魂
孕育出一个民族的希望
最是分娩时一声响亮的啼哭
诞生了共和国的半臂力量

红旗下的雪

河南 / 徐炳忠

一种受伤的文字,落入课本,被红领巾们朗诵出

红色的足迹

先烈的名字,经风一吹

就染红了手指

挂着拐杖的雪山

乘一行可以燎原的诗句

策马而来

一片雪就是一条船,承载十八团血肉

十八把尖刀,切开咆哮的浪涛

插入枪声和炮火封锁的咽喉

从插翅难飞的天险

撕开一片天空

雪,裹着野草和万水千山

深入胃部和军歌,成为最流行的给养

枪,抱着长满冰碴的口令取暖

月光的止血带

能止住饥饿，也能止住

流血的行程

在一片沼泽里蠕动的雪，溃烂的脚趾不能喘息

否则在深陷的泥潭长出根须，必须动物一样伸出爪状

向上向前爬行，以挣断泥的脐带

然而

有多少没能爬出的书信

成为碑文

插在生命堆砌的雪山之上，红旗

下的雪，下出两万五千里的

长征精神，铺天盖地

生生不息……

饶佳，作品散见《诗刊》《西部》《星星》等刊物，获第五届光华诗歌奖，第二届元诗歌奖等。曾参加第七届星星诗歌夏令营。

....

战　士

浙江 / 饶佳

从瓷砖破碎的歌中
采来一株鹤望兰
眩晕的笑容
将天空占据
埋在怀里的
早已长成参天剑峰

倒下　是为了骄傲地
站起！
明天的窗台上
将布满丝丝阳光

涂世勇，江西省作家协会会员、江西省杂文学会会员、南昌市作家协会会员、南昌市文艺评论家协会会员。先后在全国百余家报刊发表诗歌、散文、随笔、杂文约 180 万字，作品多次获得省、市级奖项；出版诗集《雪筝》，杂文集《行走的足迹》。

想起毛坝，想起襄渝线

江西／涂世勇

似乎还是昨天
那样久久睡不着
你我，坐在竣工的隧道边
向头顶夜空呼唤
手拉着星星说再见
明天我们就将
离开眼前熟悉的山巅
明天我们就要
背上行装赶赴又一次的远

那一排排
简易的土砖房
那一根根
毛竹交叉搭的床沿
粗糙的石梯级叠着级
狭长的山路圈连着圈
带不走清凉的山风
只带走匆忙留下的遗憾

带不走依恋的片片绿叶
只带走光阴不舍的惦念

拍拍脸庞
揉揉双眼
看鸟语花香日日
瞧火车轰鸣天天
谁知闷罐军列
竟然飞驰整整四十一年
谁知刚刚转身
已经分别一万五千多天
相思追逐青春的梦
重逢铁 12 师 60 团

再望一次
营房头顶的星空
再爬一回
昨日脚下的山巅
用心，贴近艰辛战斗过的毛坝
用情，亲吻血汗浇筑的铁道线
想起永远留在大山的战友
铭记魂牵梦萦的襄渝线

雾里琴,本名常晓琴,退伍女兵,陕西兴平市作协会员,中国散文诗协会会员,作品散见《山东诗人》《陕北诗报》《贵州文学》等纸刊。获 2015 成都青白江第 30 届桃花诗赛优秀奖。

诗八选一

BA YI
SHIXUAN

无悔的岁月

陕西 / 雾里琴

梦醒时分
听哨儿响起
唤醒了我花季绿装的梦
天边露出的第一缕朝霞
为我庆贺那无悔的岁月

穿上神圣的军装
娇小的身躯
如男儿一样在训练场上摸爬滚打
柔弱的臂膀
同样接受血与火的洗礼

我自豪
在八一军旗下
燃烧那激情的青春岁月
唱响那铿锵玫瑰之歌
灿烂的微笑中写着
今生拥有的美丽风景

小河草儿，本名何育锋，河北省诗词协会会员、阳原县作家协会理事。新近创作完成个人第一部长篇小说《落叶飘飘》。作品散见于各级报纸杂志。

永远的八一

河北 / 小河草儿

九十年前的八月一日
南昌城头最黑暗的时分
红色的信号呼啸着腾空而起
从此熠熠生辉成为永不坠落的星辰

九十年前的八月一日
南昌城头最寂静的凌晨
红色的岩浆咆哮着喷涌而出
从此势不可挡成为摧枯拉朽的洪流

九十年前的八月一日
南昌城头最灿烂的黎明
红色的旗帜欢呼着迎风而展
从此风展如画成为永不褪色的军魂

九十年前的八月一日
南昌城头最崭新的清晨
红色的战士微笑着傲然而立
从此坚不可摧成为护国佑民的长城

陈修平，供职于江西《九江日报》，作品散见《散文》《散文选刊》《星星诗刊》等报刊，多篇(首)作品入编选集、获奖。

诗八选一
BA YI
SHIXUAN

从童年记忆到圆梦军营

江西 / 陈修平

小时候
从乡村流动放映的电影里
从小伙伴间流传的连环画中
认识了你
于是，闪闪的红星
深深镌刻童年的脑海

长征，抗日
抗美援朝，对越反击
九八抗洪，汶川救灾
中华民族每一个关键的历史时刻
无不闪耀着你们冲锋陷阵的身影

对待凶残的敌人
你们是无坚不摧的钢铁战士
面对陷入困境的群众
你们挺身而出毅然赴汤蹈火

在腥风血雨中
展示人民子弟兵英勇的风采

因为你们的铁骨
中华民族更为坚挺
因为你们的付出
人民群众日益安定
在童年记忆激发下
众多热血青年
一批一批投身军营
持续雄起炎黄子孙不屈的脊梁
共圆复兴中华的梦想

孙庆丰,河北省作家协会会员,秦皇岛市北戴河区作家协会理事,作品散见《诗刊》《中国诗歌》《青年文学》等纸媒,著有诗集与小说集各一部。

八一
诗选
BA YI
SHIXUAN

长　征

河北 / 孙庆丰

人生总要有一次远征
生命才算活出了价值,只不过
一个人的远征,只能记入
个人的成长历程,一次集体的远征
却成为了震撼世界的史诗

爬雪山,过草地
所有能够挑战人类生存极限的
恶劣自然环境,全都重装上阵
又全都败下阵去

天上飞机轰炸,地上围追堵截
所有破坏红军战略转移的作战方案
全都陆续实施,又被各个击破
英雄的二万五千里长征
注定要成为一段喋血的传奇

有人说红军是一支神兵，打不败
击不垮，对于一个无神论的政党
只坚信人民创造历史，这世上再大的风暴
也敌不过人民的万众一心，长征
就是人民的军队，书写的
一部为人民谋解放的壮丽史诗

朱红，华夏诗学协会副理事长，《中华诗歌》杂志社主编。作品散见各地刊物、电台并入选《当代十家诗选》《昭通文学》《边疆文学》等。

致朱德总司令

云南 / 朱红

高瞻远瞩的雄鹰

总是把目光看得很远

故乡和亲情

只能把他装进黑夜的匣子里

等战火不是很急的时候

就给故乡和亲人各取一个让心口疼痛的名字

比如思念！

还有母亲那张长满皱纹的脸

但这个名字在伟人宝贵的时间里

他们都只是短暂的一个音符

而把伟人心里装得满满的东西

是山河大地等待拯救的呼声

母亲和故乡

当国家有难的时候

他们都很渺小

小得只有偶尔的一次思念

甚至比不上那根挑粮上井冈山的扁担
伟人，他们胸腔里装着的
是祖国和人民

成先进，中共党员，退伍军人，现从事新闻媒体工作。2015 年 1 月被评为全国优秀儿童诗人，2015 年 9 月写实诗歌《此生不能忘，记住你》在全国第二届中外诗歌散文邀请赛中荣获一等奖。

当祖国需要的时候

云南 / 成先进

军号吹响　战鼓频催

军旗在方阵前面领队

一级军事战备的命令

下在"9·11"恐怖事件的

第二天深夜的凌晨三点

一声令下

几万雄狮劲旅奔赴滇藏线

这是一个开创信息战先河的战役

这是一个特殊的战场

这是一场没有硝烟的战争

这是一次挑战生命极限的考验

这是缺氧不缺精神的战斗意志

这是一条代号"831"的国防光缆的施工

从大理到拉萨千里边防线

一锄一镐一锹凿山挖沟

一厘一分一米相连光缆线

长江源头急流潺潺

雅鲁藏布江上线路高悬

白马雪山之巅安营扎寨

梅里雪山脚下挑灯夜战

4853 海拔的迪庆高原

挥汗如雨的指战员

留下多少终生难忘的记忆

战胜了低压　缺氧　高原红

和肺水肿的挑战

如今静静的国防光缆线

沉睡在皑皑的积雪下面

千里的滇藏线

我依然留恋

那次没有硝烟战争的岁月

我依然怀念

那次热烈的施工场面

我依然想念

那次忘我的追求

我依然刻骨铭心

"831"执着的火一般的信念

中国冒雨,本名林懋予,《海上文学》微刊总编。作品散见《星星诗刊》《芒种》《人民日报》等,并八次荣获全国性诗歌奖。

只有军队,
才能让祖国不被外侮侵蚀

福建 / 中国冒雨

战斗打响,或者不打响

正义都要

时刻准备着

即使没有乌云

太阳都要高高挂起

从西部边疆一直到

东海和西沙的万里海疆

太阳高高挂起

红旗猎猎作响

——只有军队

才能让祖国不被外侮侵蚀

八一广场的纪念碑

一直竖立着

光芒四射的英雄雕像

一杆枪,一颗红心

更要有捍卫和平

随时出发的壮志和勇气
戍边或者守护神州大地
让和平的鸽哨响彻这宇宙
不再有僵硬的血
不再有死亡的温度
——只有军队
才能让祖国不被外侮侵蚀

赛青松，发表诗歌、散文、散文诗、小说若干篇(首)，并有多篇作品在全国征文大奖赛中获奖。著有诗集《今生的风　来世的雨》，诗歌合集《长歌行集》等。

中华勇士

辽宁 / 赛青松

如果不是你们
战火硝烟不知道延续到何时
如果不是你们
不知道多少骨肉同胞生灵涂炭　惨遭杀戮

"九一八"　"七七卢沟桥事变"
东北告急　全民抗战
"国家存亡　匹夫有责"
在义勇军嘹亮歌声里
在迎风招展的战旗下
多少中华儿女赴汤蹈火　前仆后继
为了国家和民族的生死存亡浴血奋战

台儿庄　平型关　淞沪会战　百团大战
不管是正面战场　还是敌后根据地
无论是大江南北　还是长城内外
到处都有中华勇士们的身影
挺起了民族的脊梁

到处都有壮士们出征的铁骨
挽救了华夏的危亡

如果不是你们
古老的文明之国将沦为殖民地
如果不是你们
有多少国民将饱受凌辱和奴役的创伤
狼牙山五壮士　英雄儿女气壮山河
八女投江　多少巾帼烈女不让须眉
在一幕幕的血色黄昏中
在敌人密集的枪林弹雨下
正是那些英雄豪杰们
用热血挥就了一幅幅抗战的画卷
用生命谱写了一首首保家卫国的篇章

"扫荡""三光""焦土"
蚕食不了中国军民抗日的决心
"游击战""地道战""歼灭战"
到处都是奋勇杀敌的好战场

抗日民族统一战线的建立
中国的抗战进入到新阶段

听　冲锋的号角在吹响
看　挥舞起大刀和长矛
长江在怒吼　黄河在咆哮
在中国的大地上进军的擂鼓响彻云霄

1945 年 9 月 3 日　中国南京
日本侵略者终于无条件投降
低下了认罪的头
山河沸腾　中华光复
那是正义战胜邪恶勇敢者的欢呼
那是光明战胜黑暗胜利者的欢呼

今天　我们依然没忘记那场全民族的抗战
没忘记那些奋勇杀敌的将士
和那些舍身为共和国壮烈牺牲的英烈
历史不能忘记　历史怎容忘记
弹指一挥间　硝烟已散去
历史的经验教训告诉我们
自强不息　奋斗不止
时刻警惕那些反人类侵略成性的邪恶极端势力
警惕那些强权政治武力征服的野心和霸权主义

今天　我们迎来中国人民解放军建军的节日
同时也缅怀那些为真理为正义而捐躯的英烈
英雄纪念碑依旧庄严而又肃穆
鲜红的旗帜依然在风中飞扬
站在又一个新的历史起点
追忆过去　展望未来
更加珍视和平

战争是残酷的　没有和平就没有安宁
也没有人类社会各项事业的发展和进步
不挑起战争　不惧怕战争
同仇敌忾　万众一心
才能赢取战争的最终胜利

光明终将取代黑暗　正义必将战胜邪恶
手握着钢枪　守卫着祖国的边疆
铿锵的步伐　展示着威武和雄壮
让和平的曙光普照世界
让友谊的桥梁架通四面八方

姚义海,全国写作教学名师。作品散见《文学教育》《中学生作文指导》《飞天》等。著有诗集《下午听到鸟鸣》。

诗八选一
BA YI
SHIXUAN

蓬莱阁的弹孔

浙江 / 姚义海

几乎每一个导游
领着一班游客
登上蓬莱阁的正面,介绍
墙面正中的"海不扬波"
四个字。当年戚继光抗倭
"封侯非我义,但愿海波平"
山东巡抚长白托浑布踏着
鸦片战争硝烟,布防这四个字

导游特别提到,上个世纪
三十年代,鬼子军舰
开到海面上,一发迫击炮弹
击中"不"字
导游说
好在是哑弹,应该是
冥冥中,神灵的保佑
那块补上的灰白,就是弹孔

海扬波与海不扬波
历史已经争了几百年
祖宗哑了，喊不出不字
中华的魂魄在天涯漂泊

导游认真地讲完了
面无表情，匆匆前行
没有一个游客停下来
行三分钟的注目礼

我静坐廊上，想对海洋
大声说"不"
背后的弹孔
似乎还有冒出来的硝烟

胡世远，辽宁省作家协会会员，《白天鹅诗刊》主编。诗作散见《诗刊》《诗潮》《星星》等刊物，作品曾获首届全国当代文学奖、辽宁省首届辽河三农文学奖、首届"梁祝"杯全球华语爱情诗文大赛金奖、沈阳市委宣传部2010年新春诗歌朗诵会创作一等奖。著有诗集《炊烟之上》等三部。

中国大阅兵

辽宁 / 胡世远

此刻所有的蔚蓝是祖国的
此刻所有的绚丽是祖国的
此刻所有的喜悦是祖国的
此刻所有的泪水是祖国的
此刻所有的心跳是祖国的

风声已停
世界安宁
这个上午，神圣的天安门广场
迎来世界的眼神
我们不提流血和牺牲
我们不说现在和曾经
我们不要虚幻和担心
我们不惧卑鄙者的弦外之音

我们只愿深爱
我们只说感恩

我们只奔前程

每一个有血有肉的中国人

都可以卑微地举起高贵的悲悯

在仇恨与热爱中改变

民族的命运

我说的这些，秋天的风景

蓝天可以作证

白云可以作证

高扬的旗帜可以作证

腾飞的气球可以作证

振翅的鸽子可以作证

一颗颗纯净而澎湃的心

同样可以作证

历史长河的流淌，追寻和谐共生的使命

鲜艳的五星红旗

映照你我的心

穿过岁月的丛林，你可以看见

熟悉的面孔，一个个矫健的身影

这是 2015 年 9 月 3 日
这里是神圣的中国北京
天安门广场阅兵方阵的上空
大片大片的白云,在爱和被爱中盘旋
江河东流,青山依旧
平静的波澜,需要阳光一一确认

当祝福贴着大地,"中国梦"的翅膀
遇山翻山,见岭过岭

时间这把尺子,丈量七十年的光阴
迈过苦难的门槛
发展的中国如此丰盈
响亮的口令,落地有声
就算有风吹过,他们将会
站得更稳

就像在大地上钉上一根钉子
就像我仰慕的一座座雕像
就像我追随的一座座丰碑
阳光之下,才会有更多的繁花似锦

温润之上，才会有更多的晨露鸟鸣

这就是我们可敬的中国军人
不管怎么说，渺小的我也是
祖国身体上的一部分
不邀功，也不求名
我的愿望，透过窗口看见自己的身影
我曾经也是一名中国军人

"中国梦圆，祖国万岁！"

振臂欢呼之前，请允许我
弯腰，为母亲祈祷
深情的泪水溢满了
我的眼睛

宋显仁,中国散文诗作家协会常务理事,中国诗歌学会会员,广西贵港市作协副主席,出版有散文随笔集《一样的天空》,有作品荣获中国广播电视协会奖、孙犁散文奖等奖项。

他用步枪击落鬼子飞机（外一首）

广西 / 宋显仁

这是 1940 年 2 月,可恶的鬼子
用猛烈炮火掩护,还有飞机助阵
十路围攻我平西根据地
要欺我没有防空武器吗?
来吧!
低空盘旋,再低一点
你们无非是想扫射得准一点
扔炸弹炸得更惨烈一点

看啊! 看清楚了吗?
有一个穿白衣的大胡子
他单腿跪地,抬起步枪
连开数枪,击中了飞行员

摇晃下坠的铁鸟你知道吗?
就是这一个神枪手
在指挥平西娄儿峪战斗中
他 3 枪击倒你们 3 个旗语兵
第 4 枪将你们的膏药旗打飞

他就是智勇双全的"小白龙"
——八路军的团长白乙化

她的自信和美丽让人心碎

这是鬼子拍摄的照片
看得出她平日的英姿飒爽
此刻，她的头发有些凌乱
但是仍掩不住她的美丽
她微笑着把双手抱在胸前
我看到，她微笑中的蔑视

可恶的鬼子集体强奸了她
鬼子把抓来的中国人刺杀时
还把她带到血腥的现场
让她观看他们的杀人表演
可她始终轻蔑地看着鬼子
直到几个鬼子发疯般地
把刺刀刺进了她的身体……
她就是安徽省和县的成本华
鬼子入侵和县时，她指挥战斗

成本华，她在鬼子面前的镇定从容
她的自信和美丽足以让人心碎！

胡刚毅，中国作家协会会员，曾任井冈山市委宣传部副部长。现任吉安市作协副主席，兼庐陵文学院院长和吉安市诗歌学会会长。作品散见《诗刊》《诗选刊》等报纸杂志。出版诗集《生命与大海》《每个人都是一棵走动的树》及散文集《巍巍井冈山》等。多次在《诗刊》社、《诗选刊》杂志社、江西省文联举办的诗歌大奖赛中获奖。

集合，一群井冈英魂①

江西 / 胡刚毅

集合，再一次集合！

你们

从井冈山四面八方的千山万壑走来

从井冈山硝烟弥漫的枪林弹雨走来

从井冈山昨天血火书写的历史走来

迈着整齐而坚定的步伐，集合于此

为了昨天，更为了今天和明天

生活在明媚阳光下漫步和欢笑的人们

集合，一群铮铮铁骨的井冈英魂！

你们，一万五千七百多个不屈的英灵

迎着烈火走去，没有烧为灰烬

铸成黄金般永不消逝的名字

镌刻在大理石上和我们的心间

你们是农民、工人、知识分子……

---

① 井冈山烈士陵园的瞻仰大厅，四周一块块黑色大理石上镌刻着 15744 名烈士的姓名。

如卑微的蚂蚁却有虎豹的力量和勇猛

一滴滴水向罗霄山脉汇合,汇聚成

一条咆哮的瀑布吼出震撼三座大山的巨响!

杜鹃花年年如期绽放喷血的伤口

温习冬天里诞生春天的故事......

是黄洋界哨口饮弹阵地上的小战士

是小井红军医院倒在机枪下的女护士

是朱砂冲哨口炮火硝烟中献身的赤卫队员

是被称兄道弟的叛徒打死的王尔琢参谋长

是把盐献给战士自己染病身亡的张子清师长

是被敌杀后悬首赣州城的女中豪杰伍若兰……

枪杆子直指黑夜,扎出一个个星星的弹孔

撩开夜幕的一角,你们森林般高扬的一双双手

托起天安门上一轮喷薄而出的太阳!

今天,再一次集合,一群井冈英魂!

岁月的尘埃和苔藓封不住

你们一张张呐喊的嘴巴

一双双喷火的眼睛正盯住每个人!

让我们怀揣一颗虔诚的心,集合于此

让我们举起右手庄严宣誓,像当年的

先烈们伫立在一面红旗面前那样

流泉，本名娄卫高，浙江省作家协会会员。作品散见《诗刊》《星星》《北京文学》等国内外报纸杂志，曾获首届大观文学奖等，著有诗集《在尘埃中靠近》《风把时光吹得辽阔》《佛灯》(合著)等。

诗八选一 BA YI SHIXUAN

行洲(外一首)

浙江 / 流泉

不上笔架山

不去一长溜的葡萄园

当然也不用花费更多时间在村前的苦楮树下

无端感发千年的喟叹

我是听见了遥远处一声细细而深沉的呼唤

那是血脉的沸腾

那是岁月的回响

在行洲，必须放低我的头颅去瞻仰

那些黄泥巴的屋墙

那些屋墙上裸露或者深藏的激情

战鼓擂响了前行的脚步

红四军的标语群

书写着共产党人的远大理想——

为劳苦工农谋利益……

星星之火，是为了燎原

今天，我还必须卸掉所有的矫情与虚饰
让一颗心去触摸土地的红色
让扑通扑通的跳动去亲近生命的骨骼
走进行洲
走进一行行日渐模糊却永不凋零的文字……
只有读懂它们全部的内涵
才能深深品味
井冈山，为什么是改变中国历史进程的
一座山

住溪老街

这是第二次走老街
与第一次不同，第一次因为老街我记住了住溪
而这一次因为老街，我记住了
一道铁门上的三枚弹孔

现在，很和平
老街很安静
两个小导游领了一拨人从街东走到街西
她们成人化的解说，又一次让巷道的安宁

回到旧年代的枪炮声
那时的老街，被称之为"共匪街"
中国工农红军的红色标语，直到今天还依稀可见
巷口的廖氏宗祠，浙西南红军的大本营
他们让住溪的时光定格
他们留下的故事，比墙上的青苔厚

作为后来者，只有在此时，才让自己的血脉倒着流
才感到这逼仄的老街曾有过的狂暴和沸腾
三枚弹孔，像三只合不拢的眼
它们开在一对老式门环上
它们始终不相信，从这里吹过的风
会吹走那样一群人的体温

李文山，湖北省作协会员，曾获《人民文学》"风流杯"、中国诗歌学会"九畹溪·屈原杯"、上海作协迎世博"城市让生活更美好"全国诗赛、《青年文学》"沈园杯"等大奖，作品入选多种权威选本及年度排行榜。

井冈翠竹

湖北 / 李文山

一路红旗指点修水挥师浏阳
一路红旗跃过湘南转战宁冈
罗霄山脉中段一根普通得毫不起眼的翠竹
自豪地叠合成两路红旗会合的旗杆

从此，井冈的翠竹就成了杀敌长剑与短枪
从此，井冈的翠竹就成了工农割据的武装
刀砍火烧，永不低头
风吹雨打，从不走样
谁说山沟沟里出不了马克思主义
竹筒盛水蒸饭蒸发出从农村包围城市的独特理想

一时化作毛委员天兵怒气冲霄汉的竹钉
一时化作朱总司令挑粮食进山的扁担
五百里井冈翠竹郁郁葱葱唯余莽莽
在一代伟人手中编织成一只巨大的摇篮

邓泽良，江西省作家协会会员，诗歌、小说见于《人民日报》《江西日报》《星火》《诗选刊》《绿风诗刊》等各类报刊。

小镇风景

江西 / 邓泽良

这是一块红土壤
这块土地上的
小县镇没有公园
烈士陵园便是
一座座小公园
是游人驻足的风景

平日除了几个
放学的孩子嬉戏　偶尔
会有一对年青的恋人依偎
徘徊在碑石旁边
像围着静穆的老人

小镇人无暇走近它
亲近它的只有树木簇拥
石头簇拥小草簇拥
风吹过松涛悄悄诉说

远方来客会一脸好奇
默读碑上镂刻的陌生名字
没有谁告诉他们什么

翁志勇，山东青年作家协会会员，北方作家创作中心高级创作员，中国校园作家委员会委员。《中国文学艺术报》编委，《长江文学》编委，《岷鹰文学》社主编，创作诗歌 1000 多首，获全国征文奖若干。

变革的邓主席

四川 / 翁志勇

四川人的骄傲

演绎多彩人生

在欧洲留学的经历

办报纸的宣传历程

磨炼钢铁精神

加入少共

年少在苏联军事学院打磨亮剑

回国百色起义的呐喊

小平名字的更改

让世界记住不平凡的小平

坚决支持毛泽东的旗帜

下放《红星》报纸主编

宣传党的方针

长征的考验

129 师政委的明智

预言有粮食就有一切

有百姓支持就能保住政权

大别山的重拳

打败了蒋家王朝的心肝

淮海战役的经典

主持西南局的高级人才

中共秘书长的宣传

副总理时代对工农两业的重视

三上三下

让世界为你动容

经济建设为中心

一个中心两个基本点

成为中国新的导航线

"四人帮"的垮台

邓小平改革的明智

特区经济飞速提升中国国际地位

导弹业高度重视发展

对越反击是军事统帅

让中国进入春天的时代

让人温情歌颂小平理论的红旗

飘扬五湖四海！

海边边，本名骆文新，中国诗歌学会会员，安徽省铜陵市作家协会理事，如云诗苑名誉社长。作品散见《清明》《诗选刊》《西部作家》等报刊。曾获中国美诗大赛冠军，中国火种文学诗赛二等奖等奖项。

永远的红军

安徽 / 海边边

我喜欢用这样的称谓——红军

一个响亮的名词鼓噪一世

红军的下落，清晰而模糊的身影

由浅至深地突出时间的拐点

道路的曲折

由此，一去不返

由此，在夹缝中生存

由此，渐行渐远的史记

还须理清斧子与镰刀的关系

我在田间劳作

有人呼唤我的名字

呼出水声，以及内在的渴望

于是我扔下斧子和镰刀

被一个人重新拾起来

就此娟秀在一面旗子上

必然成为另一面旗子的写照

再转过一道山冈

我会成为一名红军战士

一个彻头彻尾的无产者形象

一无所有地走在 1937 年的道路上

宋春来，中国诗歌学会会员，作品散见《人民文学》《散文诗世界》《越南华文文学》等国内外报刊。获《人民文学》首届全国游记征文大赛奖、中外诗歌散文邀请赛一等奖、第十八届中国行业电视节目展评文艺片类二等奖等奖项。

在井冈山烈士陵园

湖南 / 宋春来

此时此刻

我穿越岁月的时空

回到了战火纷飞的年代

看到了山下旌旗在望

敌军围困万千重

听到了

黄洋界上炮声隆

听到风在吼，马在叫

黄河在咆哮

看硝烟弥漫的战场上

大刀向鬼子们的头上砍去

此时我也是一个神枪手

每一个子弹都消灭一个敌人

在激烈的枪声中

我们前仆后继

冒着敌人的炮火前进

前进，前进……

看,鲜艳的红旗

插遍了长城内外

听,雄壮的《义勇军进行曲》

飘荡在大江南北

这一刻,春风是那样温暖

杜鹃花开得那样热烈

先辈们的目光,是那样殷切

仿佛在督促我们

扛起永远不倒的旗帜

脚踏实地,勇往直前!

耿耿,本名刁明,作品散见《雨花》《当代诗歌》等多家报刊,获奖六次;著有诗集《在生活中寻找诗歌》并由中国国家图书馆、上海图书馆、南京图书馆等十多家单位收藏。

狗　洞

江苏 / 耿耿

失控的硝烟和失控的火焰就是战场
停下汽车寻找到消防栓接好水管
战士们端着水枪就要往火海里冲

可是高高的围墙架着防贼的铁丝网
沉重的大铁门从里面上了锁
把火场围成了铜墙铁壁
只留下一个半月形的狗洞
平常也只能供一条小狗自由出入

排长迅速命令:高大俊
你体态瘦小,迅速从这个狗洞爬进去
用水枪先行压住蔓延的火势
为我们排进入火场赢得时间

体态瘦小的高大俊端着水枪不肯放下
脸涨得通红:报告排长,这是个狗洞

我一个大学生,第一次执行任务
你就让我爬狗洞,叶挺将军说
人的身躯怎能从狗洞子里爬出!

排长也急红了眼,大声吼道:
叶挺将军说人的身躯不能从狗洞子里爬出
可没有说人不能从狗洞子里爬进去
为了降服火魔,我们就做一次狗又怎么样
就是狗,我们也是一条为人民服务的狗
也是一条对人民忠诚的狗
我们也是一条捍卫老百姓生命财产安全的狗

这位叫高大俊的瘦小的上过大学的消防战士
第一次参加灭火战斗
就像狗那样趴在地上艰难地爬进了熊熊火场

牟国竑，毕业于甘肃临洮师范，作品散见《齐鲁诗歌》《诗中国》《诗词月刊》等刊物。获《中国文学》杂志社举办的第二届心心相印爱情诗歌大赛十大诗人奖项。

八一
诗选
BA YI
SHIXUAN

八一的军旗八一的号角

甘肃／牟国竑

你在二十世纪的黑暗年代里

飘扬起来，第一声吹响

便开始了翻天覆地的征程

一点一点地燎原开来

你唤醒了哭泣的长江黄河

唤醒了沉睡百年的噩梦

荡除了迂腐和懦弱

激励了一代代儿女叱咤风云

纵横驰骋天下的新乐章

你扬起了前进的方向和巨轮

凝聚了几亿炎黄子孙的梦想和力量

汇成浪潮，汇成铁流

在春雷声中席卷五湖四海

你曾在血泊中飘扬吹响

在废墟中挺拔嘹亮

在枪林弹雨中成长凝炼

钢铁意志,如山的气势

是不屈的军魂,勇往前进的鼓手

你从艰难岁月中升起,历经沧桑

到红遍东方,红遍世界

是民族和家园的守卫者

是新中国坚不可摧的一座钢铁长城

西粮人家,本名李小军,作品散见于全国各地报刊及《2012年度陕西青年文学选·诗歌卷》《新世纪诗选》《中国实力诗人作品选读》等多部诗集。

八一
诗选
BA YI
SHIXUAN

追寻童年的梦想

陕西 / 西粮人家

以眼睛为犁,以思想为地
在春天破土开疆,播下最初的梦想

村口,古槐树上的老鸦窝
小兵张嘎,会不会藏了心爱的手枪
每一次靠近,都会驻足观望

羊群,云朵,在山坡上游荡
躺在草地上,就进入梦乡
突然不见了鸡毛信,惊醒,一身冷汗

平原游击队,李向阳机智勇敢,敌人闻风丧胆
林海雪原,杨子荣孤胆英雄,只身闯龙潭
上甘岭,王成气吞山河,战火中永生
钢铁是怎样炼成的?
保尔·柯察金说:人的一生应该这样度过——

某年深秋,从乡村茂密的苞谷地

钻出一个愣头小子,迎着火红的朝阳,穿上绿军装

千里迢迢,去追寻童年的梦想

余文飞，中国诗歌学会会员、云南省作协会员、昆明市作协理事、寻甸县作协主席。鲁迅文学院第三届西南作家班学员。作品散见《滇池》《时代文学》《延河》等刊物。出版《余文飞小说选》，诗集《闲适的浪花》。曾获"滇东文学奖""滇池文学奖""昆明文学年会奖"等奖项。

诗八
选一
BA YI
SHIXUAN

长　征

云南 / 余文飞

走　走啊走

沿着一条叫真理的道路

一走就是二万五千里

山高路远　我们走

水深雾重　我们走

风刀霜剑　我们走

雨箭雪拳　我们走

背井离乡　我们走

桃花人面　我们走

我们饱含热泪

一步一个揪心的疼痛

一步一声豪迈的歌曲

我们在饥寒交迫中走

我们在忍无可忍中走

我们在枪炮与叫嚣中走

我们在压迫与挣扎中走

我们在死亡与复活中走

往前一步是天堂

退后一步是地狱

沉重的脚步

是暴风雨前急促的喘息

一切将被瞬间所洗涤

是炉膛里面剥落的燃烧

一切将在霎时焚起

陈旧　丑陋与罪恶

在熊熊大火中被点燃

挣扎如枯槁的柞木

走啊走

我们嚼着树皮草根而走

未来也许正烤着喷香的牛羊肉

我们咽着牛皮带渣而走

未来也许正用它束紧自己腆腆油肚

我们打着瞌睡而走

未来也许正在裘被中打着哈欠睁眼

我们抱着枪杆而走

未来也许正是筷子夹向美食干脆利落

我们迎着死亡而走

未来也许新生婴儿正啼醒黎明

祖国啊祖国

我们怀揣美好的感情而走

未来请别忘记我们

以及　我们美好的憧憬

走　走啊走

沿着一条叫真理的道路

一走就是二万五千里

我们坚定的脚步

痛楚而又美丽

小芹,本名韩芹,诗歌编辑,全国公安文联会员,2012 年度大别山十佳诗人。诗歌散见《大别山诗刊》《绿风》《大众文学》等刊物,诗集《碎时光》准备出版。

为荣誉而战

上海 / 小芹

1

这已不是一场考核,已演练成
一场实打实的战争,一个细节
一个大意,你一样会丢了性命
一样会全军覆没

荣誉是军人的骨头
是不散架的钢筋铁骨,大吼一声
"保证完成任务",是生命放歌
排除万难,一往无前

2

一个人守住秘密武器
就是守住一次绝地反击的机会
为取得胜利的一次逃亡,是荣誉史上
又一个成功战例

集中一次小战役去迷惑敌人
用整整一个精锐去引诱敌人
用牺牲与被俘,去掩护最真实意图
这才是智慧的较量

3

八月的沙滩上,阳光灼人
如此急行军十公里,却快步如飞
赢得时间就赢得机会
赢得机会就赢得最后的胜利

在生死面前,没时间选择
在飞机起飞时跳下,与击落的飞机
一起摔落,这是瞬间制造的假象
大脑犹如数字化武器

4

军人之间的佩服,是过硬的
是本领换来的,智慧换来的
是吃苦耐劳换来的,勤学苦练
换来的,是不怕死换来的

为了荣誉，和平年代一样流血
为了荣誉，和平年代一样死亡
怕吗？从投笔从戎那刻起
军人荣誉不容玷污，你是牢牢记住的

5
这是生死较量之后的坦诚
这是和平年代军威的展示
这是新时期军事高科技化的检验
举手敬礼，彼此敬佩

夏日的阳光依然灿烂如火
神秘的演练场，考核场一如既往
还是那么残酷，隐匿下一次的烽火硝烟
为和平而战，为荣誉而战

李建华，中国石油作家协会会员，中国作家协会会员，宁夏作家协会会员。作品散见《诗刊》《青年文学》《星星诗刊》等刊物。获《飞天》"镍都杯"全国诗歌、散文大奖赛一等奖以及全国征文奖若干。出版诗集《高度与重量》等3部。

你知道吗孩子

宁夏 / 李建华

当温室里的电视睁大了眼睛
你知道吗孩子，这是
二万五千里之外的一场战争

当噪声，残酷地搅拌着生命
你知道吗孩子，世界显现着
低级的欲望和高级的品性

当两片枪声打成一片
你知道吗孩子，历史少不了
血泪的浇灌，和平需要枪炮的耕耘

当天边的霞光，辉煌、鲜明
你知道吗孩子，一颗正义的太阳
正在驱逐邪恶的阴云

当一条清晰的思路四渡赤水

你知道吗孩子，一种神奇的手法
用一缕光线，将中国的伤口缝了又缝

当过草地的革命用野菜充饥
你知道吗孩子，陷入沼泽的政党
咀嚼着人间苦涩的光阴

当一线生机，跟着真理走
你知道吗孩子，旗帜燃烧着
理想的高度，要将冰天雪地彻底消融

当田间的螳螂，也挥起了大刀
你知道吗孩子，墙壁也把标语的武装
一条一条，挂在了前胸

当粗粝的呼吸，磨掉了刀刃上的锈迹
你知道吗孩子，那擦亮的枪支
也好像长上了明亮的眼睛

当凶残的黑夜，几乎杀光了好梦
你知道吗孩子，在硝烟和废墟里

怎样诞生了旭日鲜红的哭声

当惨烈的情节支撑着深夜的睡意
你知道吗孩子，了解一个政党的历程
是一代人，需要补上的一门课程

当我说这也是一种学习
你知道吗孩子，新的时代任重道远
需要继承的是，昨天的坚强和清醒

致八一英雄纪念塔

山东 / 刘冠顶

多少年前的一次瞻仰
竟让我久久难忘

高大的碑石
已经冰凉
而烈士的鲜血
却永远滚烫
生命谱写出的诗行
还在人们的心中传唱

1927 年 8 月 1 日
江西南昌
正义的枪声
激活了生的渴望
鲜红的血
让草根们更加坚强
执着的爱

震惊了统治者的鲁莽

九十年过去了
当年的小草还在歌唱
烈士们的精神
还在像旗帜一样飘扬
不管过去多少年
共和国应当铭记
是谁挺起了你的脊梁

左右，作品散见《人民文学》《诗刊》《十月》等刊物，曾获第六届珠江国际诗歌节青年诗人奖、第二届紫金·《人民文学》之星诗歌佳作奖等奖项。出有诗集《我很坏》《地下铁》《迟火车》。

战 士

陕西 / 左右

远逝的身体里潜伏着铿锵的火

七十年前的灰烬

在时空里躲避枪弹，无惧跃飞

夜在灯下翻书

风将凌乱的往昔，静静回首，来回翻阅

五星红旗上辉映着一连串勇敢的名字

弯曲的笔画

勾勒黎明感人至情的深壑

我听见

白鸽与海鸥，在为胜利欢歌

太熟悉

我熟悉他们的泪水和鲜血

就像怒涛拍打礁石时，将入侵者与干扰者的咽喉

无情撕开

——这些用躯体建筑信念的战士！

他们将无数个

昨天码成今天,将今天码成明天,将明天码成未来

将破败不堪的大地,灰尘滚滚的天空,千疮百孔的中国

一寸一寸,满怀憧憬地码了起来

此刻,我用诗句,码起了属于他们的王国与颂歌

此刻,战火已熄,世界共和

此刻,香火正旺,岁月静好

赵强，笔名萧宸，中国诗歌学会会员、中国楹联学会会员、中国音乐文学学会会员、吉林省作家协会会员。

回忆或铭记那抹重彩旗帜下的战歌

吉林 / 赵强

九一八的声声警钟，总会触痛国人那根敏感的神经

穿过 1937 年浓黑血腥的中华大地

眼前浮现了一段段惨绝人寰令人狂飙血泪的历史

悲戚和苦难的阴影，钻心的疼痛感愈加沉重

黄河、长城在一片丰厚土地上哭泣

大中华偌大的版图上，被一群恶如豺狼的倭寇

完虐得伤痕累累，陷进了空前的灾难史

广袤的每一寸土地被撕裂成满目疮痍

无言的骨肉被砍头、刺胸、活埋、火烧

灭绝人性的刽子手肆无忌惮地对手无寸铁的平民

进行残酷的蹂躏，留下一处处带血的刀痕与污辱

在伴着悲惨血和泪的战火灾难下

细细的皮鞭不断抽打着我们的肉体

就算血肉绽开，也压灭不了我们心中——

正义必定战胜邪恶的强大理想信念

任凭沉重的锁镣紧紧扣住我们的手和脚

也锁不住我们崇尚自由的心灵

《义勇军进行曲》一个个跳动的音符

如潮声奔腾,汹涌地不断向前

像是夜空里飞溅的星光,如梦似幻

淌过了一个又一个漫长黑夜

唤醒了一轮朝阳喷薄的一层炽热光晕

让一个个坚韧的血肉和骨骼

在烈火中淬炼、燃烧,升腾在青春跃动的激情血脉里

跟随着乐谱里激昂奋进的种子一路向前

跟随那些向着朝阳,怀抱信念的种子

直抵更广阔高远的天空

清晨的太阳,映出一道道金色的光芒

迸发着爱的信仰之光,点亮着中华博大的胸廓

瞬息间,"抗战到底"那铿锵有力的一字一句

成了千万人的呼喊,在血液里奔涌、驰骋

构筑和挺起一个国家民族的脊梁

发出枪炮的怒吼,英勇冲锋的呐喊

汹涌着杀敌呼声在血与火淬炼的抗战疆场驰骋

——直取倭寇胆魄

是啊！那血染亮色的一面面战旗

向着胜利，发起了一次又一次的浴血冲锋

挥刀搏杀勇士的身影，一张张面孔笑傲风雨

一个个英勇的魂灵，让践踏中华大地的倭寇低下头颅

把罪恶的倭寇击败在正义的阳光下

澎湃了一个民族的战斗和抗击

在关东大地上留下了一段凝重闪耀的记忆

一面战胜法西斯的鲜艳旗帜，摇荡出葳蕤的正义之光

在历史的庄重星空中定格，成为人间沧桑的永恒

邹丽卿，萍乡市作家协会会员，作品散见于《长江诗歌》《当代校园文艺》《老友》等报纸杂志。获奖若干。

八百里井冈

江西 / 邹丽卿

当向往飞越千峦叠嶂
我遇见了你
领略你
——井冈山千分之一的风采

八百里井冈
无数条风景线放飞在眼底
你的妩媚千姿百态
细腻了蓝天那朵自在的白云

更有你千百年所蕴含的雄壮
隐藏了昔日的烽火
丰厚你曾经的沧桑
流传人人乐道的故事

那闪烁燎原的星火
在竹林之上
在层峦之间，最终
声势浩荡铸就今朝盛世

东方风,本名刘敬清,诗作散见《华语诗刊》《关东诗人》《参花》等杂志。

八一南昌起义纪念塔前怀想

江西 / 东方风

1

九十个年头的日日夜夜里

你一直向我们述说一个枪的故事

曾经用大声的呐喊唤醒黎明

又以挺拔的身姿撑起宁静的天空

明日,仍然要紧握手中

2

历史和未来都不会忘记这一天

——1927 年 8 月 1 日

一支队伍和一面旗帜诞生

天地间,从此有了支撑的力量

曾经低沉的天空被高高擎起

乌云般的阴霾被东风驱散

还予人间,一个朗朗的乾坤

虽几经风雨,终又还晴日

蔚蓝的天,再不会塌陷

草木自然葱荣,花朵自由盛放

我是其中一株、一朵

南昌八一广场上幸福徜徉畅想

3

英雄啊! 你的身躯倒下

灵魂却被高高地竖起

尔后的九十载春秋里

你无处不在

那个烽火纷飞的战场上

你是不倒的旗杆

灯红酒绿的闹市里

你是不折不弯的腰杆

边防海防高山哨卡

你是寸步不让的界碑石

几度泛滥的洪水中

你是坚挺的中流砥柱……

而在我的躯体里

你是守护我内心的神

马震宇，河南省作家协会会员，作品散见《西北军事文学》《火花》《绿风》诗刊等杂志。

这个日子(外一首)
——写在八一建军节之际

河南 / 马震宇

金戈铁马的铮铮往事再一次潜入梦中
连梦都开始激动起来
在西北　在戈壁　　在我们十七岁那些日子
青春看着我们亲手种下的白杨挺拔风秀
钢枪穿过肋骨植入抖擞的精神
只是在云飘过明月时　也飘来故乡

昆仑山下的战友们披着阳光纯洁透明
绿色的军装把灵魂装点得毫无矫情
嘹亮的军歌沸腾着我们的热血
神圣的军旗　整齐的方队　庄严的目光
穿越一生的荣耀已在这里启程

我们从未曾畏惧过的戈壁的红雪
看战车豪迈地挺进着
震山的号子融化冰雪绵延的铁马冰河的诗句
在多年以后
成为我们无法挥去的情结

而终于挥别绿色营盘
男儿的泪水也是骄傲的雄性
这一别离　会是永远的纪念
而终于在每年八月一日这一天
和战友一起深情地讲述青春的故事
远远看到西北的那一片戈壁
火红的歌声正在燃烧回荡

激情岁月

一种记忆是绿色的
一种信念是火红的

青春穿越着生命的时候
在祖国西北边陲
手握钢枪和所有年轻的战友一起
任无声的骄傲河流一样
漫过我们挺拔的军姿
漫过银辉下默然相伴的昆仑群山

神圣的军旗把戍边的日子

燃烧得火红火红
戈壁的烈风锻打成一种意志叫坚强
年青的战友们如一片茂盛的丛林
在成长中懂得了什么是军人和奉献

我们亲近祖国
热爱自己的母亲
巡行在白雪茫茫的边防线上
静静倾听雪夜里母亲安详的呼吸
甜甜的幸福溢满了心灵
以至多年以后
捧出泛白的军装
这种光耀仍将自己感动

远去的日子　远去的岁月
每年临近八月的这个节日
我便开始彻夜无眠
一次次重复着回忆
我们列着绿色方阵铿锵行进
一次次重新检阅
庄重的注目礼中
军旗下火红的激情岁月

狼牙山

四川 / 余智明

风雨洗净血迹

山石风化,枪炮锈蚀

我无法列出证据,标示你的高峻

也没有恰当言辞,描绘你的雄壮

我只敢肯定

花不是你的容貌

树不是你的英姿

幽、奇、险、秀

亦不是你的性格

五条汉子,舍生取义的一跳

血飞电闪,惊心动魄的美

像冉冉上升的五星

成为所有山的岳,所有

岳的峰

此山,从此必须仰望

如旗

山

还有当年的温度吗

还有当年的心跳吗

当我喊出一个个闪闪发光的名字

耳畔除了一阵阵清脆的枪声，眼前

一块块同仇敌忾，比生命还硬的石头

一些顶天立地，壮烈千秋的词语

如歌，陨石般，从天外

决堤而来

王垄,中国作家协会会员。诗文散见海内外数百家报刊,获 200 多项奖励。出版诗集、散文集《没有开始》《我从垄上走过》《因为柳堡》《梦中蝴蝶飞》《还娘乳》《冷空气》《生命左中右》及《王垄双年诗选》系列等 10 余部。现居扬州宝应。系《八宝亭》文学季刊执行主编。

遵义会议(外一首)

江苏 / 王垄

命运在一座老城转折
红,开始像真正的红了

来自瑞金或别处的金子
被人们从心底里捧出
更多的信仰者
从主义中锤炼着健康的体魄

主角的第一次擦拭
就使那把叫红军的剑
有了史上最锋利的刀刃
一群追寻理想和家园的战士
在那首题为毛泽东的诗里
找到了照亮灵魂与征程的灯
一九三五年一月的童话
注定在遵义的严冬里上演
三万顶八角帽上的红星
以前所未有的信心和激情

向着胜利与胜利
前进,前进

四渡赤水

那条姓赤的河流
注定与以红命名的军队有缘

赤色世界的预言
在红星闪耀的水上预演

一而再,再而三
三而四
赤手空拳的秀才
把一种独门绝技
泼墨成战争的经典

赤县神州的光明
被这条河万年的灵性
幸福地拉开
那位在马上吟诗的伟人
以赤胆忠心的智慧
为新中国开篇

姜华，笔名江南雨，中国诗歌学会会员，陕西省作家协会会员，旬阳县作家协会主席，中国诗词研究院副院长，中华诗词文化传承人，中华诗词博物馆终身荣誉馆长。作品散见《人民日报》《诗刊》等报刊，陕西省首届年度文学奖、2014 年度《星星》中国散文诗大奖等奖项获得者。出版诗集《生命密码》等五部。

旗帜（外一首）

陕西 / 姜华

手持镰刀和铁锤的人
捧起一本《共产党宣言》
和热血，登上一面红旗的封面
一面诞生于 95 年前的旗帜
让 960 万平方公里土地，星火燎原

回望上世纪 20 年代，三座大山
压住了东方黎明的曙光
我仿佛听到了那些奔跑的脚步声
呐喊声、叹息声，从华夏深处传来
激越而苍凉

终于有一面旗帜，举起来
用星星之火，点亮黑夜的灯光
我看到无数模糊的身影
悄悄地朝一面红旗下靠拢
95 年了，镰刀和铁锤

仍把一座江山敲得叮当作响

我也曾在一面旗帜下高举过誓言
今天，更愿意把自己
放在石头上，磨得铮亮

红军乡

经过了近一个世纪风雨，在这
鄂豫陕的三角地，你响亮的名字
仍深深印在人们的记忆里
是那首
红色的歌谣，在神州燎起一场大火
好男儿志在四方，我的兄弟
你八角帽的红星熠熠闪亮

忘不了 1937 年冬天那场血战
大火焚烧着九龙山佛爷庙
十几位红军兄弟，在垭口站成了
死亡的雕像
他们把十八岁的生命

压进枪樘,年轻的太阳没有
陨落,我的好兄弟

人们记不住你们的名字
却都知道你们叫红军
然后再把地名改为红军乡、红军村
作为一种永久的怀念

黄山老岸，中国诗歌学会会员，黄山市作家协会会员，黄山市青年诗歌协会常务理事，作品散见国内百余家报纸杂志，曾获第二届华语红色诗歌杰出奖等若干奖项。多卷本《老岸诗歌作品集》将出版。

我要在长城上引吭高歌

安徽 / 黄山老岸

一

风和日丽　九百六十万平方公里的上空云卷云舒

长城蜿蜒　有万里的斑驳

亿万年的苍老古朴命令一个体格瘦小的南方人

站在长城上　雄浑的国歌如高擎的巨火烈日

燃烧在最绚丽的时刻　我

敞开胸襟　为她的苦难深重和博大深邃引吭高歌

二

茹毛饮血的上古　备受凌辱的近代

战争的烽火烧灼江河与大山　平原与野地

历史就是血泊和千疮百孔

哦　逃避战乱的人民携儿带女

有背井离乡的苦楚　重建家园的悲怆

天灾与人祸时常光顾这个坚韧不屈的民族

三

南湖的一条小船使勇敢的人挺身而出

他们是中流砥柱

力挽狂澜　生死置之度外　把复兴祖国的责任

扛在肩上　正义之手如旗帜招展

呼唤觉醒者　打击入侵者

挑起内战的始作俑者也得到应有的迎头痛击

四

枪炮也能驱逐飞机　游击队打垮鬼子

烽火烧遍整个国土的年月

受苦受难的人民深明大义　奉献丈夫与儿子

也贡献了优秀的妻子和优秀的女儿

脱胎换骨的山河换来了勃勃生机

勤奋的手开始装扮自己的家园　城乡日新月异

五

但是祖国啊　前人流血　今人流汗的大地上

有人坐享其成　侵吞巨额的财富

把改革的成果据为己有　身居高位而把美女和权力

握在自己的手中　明媚的春天忽然乌烟瘴气
自然与社会被贪婪者变为交易的砝码
污染与堕落不堪入目　一场反腐的战争汹涌澎湃

六

祖国啊　长城是雄浑的　黄河是壮阔的
用钢铁的意志与雄浑的气魄
把你体内的蛀虫一条一条捉出来吧
因为吃人的老虎也会吃垮一个民族
政治的清明是人民最大的福祉
为了这我兴奋不已　我要在长城上引吭高歌

孙清祖,作品散见《人民文学》《诗刊》《飞天》等刊物,著有诗集《春风敲门》。

再看《地雷战》有感

北京 / 孙清祖

小时候看《地雷战》
是带着无限的愤怒看着
一颗颗地雷炸翻小鬼子的场面
仿佛我也置身其间

从那时起
对造雷埋雷的英雄们是那么仰慕
对狡猾阴险的小鬼子是那么痛恨

现在看地雷战
还是带着强烈的爱国激情在看
每看到鬼子们进了埋伏圈
我也屏住呼吸生怕他们一个个跑掉

川陆,本名涂传禄,南昌市作家协会会员,南昌市文艺评论家协会会员,南昌市书法家协会会员。著有诗集《梦栖田野》。

- -

八一军魂

江西 / 川陆

南昌城头,一九二七年的一个黑夜

一声震天动地的枪响

划破了中国大地黑夜笼罩的黑暗

一支工农武装呱呱落地

八一起义,秋收起义,广州起义

工农武装烽火如火如荼,席卷神州大地

万里长征,抗日战争,全国解放

彰显,一代共产党人可歌可泣的抱负与壮举

人民军队为民族前仆后继不畏牺牲的英雄气概

我漫步在南昌八一广场

雄伟的八一起义纪念塔巍峨矗立

镶刻八一金黄大字的军旗

在她的故乡上空高高飘扬

一支配装刺刀的步枪,在阳光下熠熠生辉

南昌,军旗升起的地方
中华民族儿女将会永远牢记母亲的苦难和不幸
不忘国耻,强我军威,振兴中华

郭全华，安徽省作协会员，太湖作协主席。作品散见《诗刊》《星星》《诗选刊》等八十余家刊物，获奖若干，著有诗集《五季书》《那一朵火苗》。

红　旗

安徽 / 郭全华

和硝烟相比，和血腥相比
和驰骋相比，和枪林弹雨相比
一块红布的飘扬
猎猎声远超奔涌的江河

把红旗插上去
多少人可望而不可即的高度
攀爬了几千年都够不着的高度
共产党人一句"跟我冲"，就做到了

这是一块升起了
就需要把手放在胸口的红布
这是一面清扫完牛鬼蛇神
并永远鲜艳的旗帜

康玉琨，中国散文诗作家协会会员、泉州市作协会员。作品散见《每周文摘》《泉州晚报》《语文知识》等报刊。曾在全国及省、市级比赛中多次获奖。

诗八选一
BA YI
SHIXUAN

献给母亲的歌

福建 / 玉琨

曾记否
九十五年前那个庄严的时刻
前辈们举起的右手
攥住了满腔的热忱，执着的信念
迎来了您呱呱坠地的一天
唤醒了多少沉睡的国人

您在先烈们信赖而赤诚的目光中
在风风雨雨的摔打中长大
那样的美丽，那样的刚强
您用锤子和镰刀
播种下一粒粒金色的种子
延伸着一个个绿色的希望
各族儿女有了明确的方向
有了铁一般的脊梁
儿女们不屈不挠，众志成城
彼此抱成一团，抵御外侮

经受了抗日烽火的洗礼
让中国站起，成为东方的醒狮

中国梦成了儿女们共同的心愿
汇聚成滚滚向前的历史洪流
您——这座海洋上的灯塔
指引着时代的弄潮儿，劈波斩浪
朝着一个共同的目标
永远向前

胡水根,笔名卜子托塔,人民文艺家协会会员,潇湘文化网编委会执行副总编。作品散见《作家报》《北方诗刊》《关东文苑》等刊物。获第 9 届作家报杯全国文学艺术大奖赛金奖等奖项。出版诗集《光阴深处一根骨头在奔跑》。

丰 碑

江西 / 胡水根

迎上前去,这回我绝不退缩

让枕上的梦痕、雾里的远山通通睡去

我只消昂起头,伸长手臂

用十二分的有限,向天空

向你,按下充满志气的拇指印

拿下我的懦怯和怕人笑骂的伪装

让灵性跳出来,跳进激流

跳进一种主义,跳进一种思想

跳进你铸就的光明与闪耀

那样,我便同你一样

能在同一个辽阔的天空翱翔

在广场,哦,不,在战场

我看到了你冲锋的脚步

我听到了你摇旗呐喊

我嗅到了鲜血和一个时代在挑战

我顺着你照亮的思路，发现自己
在火焰里也是那样的骁勇善战

寻求的决心正倍增我的激动
强悍的力量正除却我的迷茫
我不曾真刀真枪打过仗
但也绝不向黑暗投降
啊，阳光，阳光正在谱写新的篇章

欲言,本名孙涛,中国诗歌学会会员,吉林省作家协会会员。1992 年开始发表作品。出版诗集《影尘无踪》《虚空里的盛宴》。

红色的盗火者

吉林 / 欲言

这一群盗火者,来自炎黄的后裔

神圣的宗族,为了万亿黎民的幸福

和安乐,为了守护光明的火种

不被邪恶的势力扼杀

他们一路奔跑,注定要饱经磨难

在大渡河,疯狂的河水汹涌,翻卷着

垂涎着,噬血的舌头

他们巩固了同盟者

一群异族的兄弟,然后迅雷不及掩耳

在枪林弹雨中,拧干血泪

开辟出前进的道路

在雪山,灵魂的天堂

迷幻的魔域,寒冷以一种温暖诱人的

狰狞姿态,让人沉睡过去

像是走进了永恒,人类的精神花园

他们让自己化成冰雕
铸成英灵的石像,指引向远方

在草地,一望无际的泥淖
堕落了多少曾经的过客,流光影现
欲望,是危险的深渊
而在表面,一切平静的雾霭
淡淡缭绕着,隐藏着凶险和死亡的面纱
在意料之外,伤痛之中

这一页页的传奇,早已经
渐渐地被丰满成了不朽的史诗
英雄的童话,它关于奋斗、挣扎、觉醒
自由、博爱,所有的正义和丰碑
所有的希望和寄托,现在和未来

王文福,军队退休干部,河南省作家协会会员。诗作散见《人民日报》《解放军报》《光明日报》等报刊,出版诗集《军旅情思》《野菊集》。

诗八
选一
BA YI
SHIXUAN

致南昌

河南 / 王文福

南昌,我没见过您的模样

心中却矗立着您高大的形象

因为您啊,是共和国军人共同的故乡

1927,您城头响起的那阵枪声

穿越岁月,仍在军营回荡

1927,您怀中走出的那支队伍

千锤百炼,如今多么英武健壮

我们的旗帜上写着"八一"

照耀这面旗帜的是伟大的党

我们已写就了辉煌的历史

看我们再铸造历史的辉煌

南昌,请接受一个后来者的敬礼

我们看到了您期望的目光

新一代的军人啊,决不让您失望

那一段历史，不可忘

浙江 / 宋小铭

如果绝口不提，如果让日子继续过去
这一段血与泪的耻辱，火与水的洗礼
终会成为尘埃，消失在时光里
可是，这激荡的风雨，流淌的热血
如何能湮灭了七十年前的那场烟云

一九三七年，卢沟桥上阴云密集
侵略者的铁蹄，肆意践踏中华大地
杀人，掠夺，放火
野兽的本性，强盗的外衣
罪恶的双手掀起一场场腥风血雨
山河破碎，家园流离，倒下
多少父老乡亲，兄弟姐妹

一九四五年，强盗的白旗，高高挂起
鬼子的脚步，慌乱撤离神州大地
同仇敌忾，浴血奋战

不屈的民族,厮杀与拼搏
赢弱的身体穿过多少枪林弹雨
淞沪,台儿庄,忻口,百团,万家岭……
小米加步枪,八年的抗争
豺狼和野兽,狼狈逃离

今天,重拾这一页,七十年的光阴
屈辱和坚强,不曾忘,不可忘
那一段血与泪的耻辱,火与水的洗礼
即使成为历史,变成回忆
依然是警钟,时刻敲响
每一个华夏儿女的心房

在洛八办遗址

河南 / 田农

今天我又站在城市中央
瞻仰"洛八办"的风光
厚厚的围墙维护着
清一色的青砖小瓦房

仿佛又听到了
大刀向鬼子头上砍去的嘹亮歌声
仿佛又看到了
当年八路军队伍的雄壮英姿

啊　九十岁了
仍是青少年的肩膀
你永远是守卫共和国的年轻卫士
你的青春将与天地与日月同长

我们这些小伙子走在一起（外一首）

北京 / 刘玉广

百十号小伙子走在一起
百十颗心从此往一处凝聚
百十个声音能把天震破
百十把力气能把大山举起
啊，我们走在一起组成连队
我们走在一起听从党指挥

百十号小伙子走在一起
百十种性格从此形成了统一
百十座筋骨硬如钢铁
百十个意志经得住百炼千锤
啊，我们走到一起组成连队
我们走在一起听从党指挥

出发

一道命令出发

打起背包开拔

不问去哪里也不问去干啥

只是出发，出发

军人以服从命令为天职

随时为祖国出发

前面纵然是刀山火海

一样毫不犹豫地出发

战士和祖国共生死

永远为和平出发

啊，出发，出发

把最最危难的拿下

出发，出发

一道命令出发

打起背包开拔

不问去边塞也不问去海疆

只是出发，出发

无论是险情还是敌情

随时准备好出发

明知流血，明知牺牲

一样毫不犹豫地出发

战士和人民共生死

永远为和平出发
啊,出发,出发
把最最危难的拿下
出发,出发

欧宜准，市作家协会会员。作品散见《人民代表报》《黑河日报》《羊城晚报》《苏州日报》《滁州日报》《邢台日报》等刊物。

桂花树下

湖南 / 欧宜准

泪水与欢笑，痛苦和骄傲

他们这一生都曾拥有

那些在战争中被反复洗刷

我们所未经历的故事

都尘封在祖父辈的记忆里

战争来临，他们也是第一次经历

收获最后一粒稻谷便告别了故乡

躺在战壕最靠近天空的地方

猜测家中那堵矮墙是否倒塌

瓦罐里的红枣被老鼠吃掉几颗

在梦中从没有战争

只萦绕着米饭滋润的清香

还有园中蝴蝶飞过的花丛

年前摘下的那几颗鞭炮

白天放在口袋，夜里攒在手中

它能驱走鲜血染红的伤痛

那被枪炮夹杂着呻吟麻木了的身躯

从指头到脚尖被冲锋号重新唤醒

他们越过无数同伴的尸体

夕阳如烛,墓碑如潮

那种苍黄,穿越了整夜的风

希望的纺车在通宵转动

胜利的红旗在风中招展

他们的身边都是兄弟姐妹

心中的信念从不曾忘却

更一直坚信鲜血不会白白流淌

当敌人被赶出国门

双脚重新踏上家园

他们相拥而泣

围坐在儿时的桂花树下

时光静止,追忆往昔

所有人的眉眼都笑成了一弯月牙

何军雄，中国诗歌学会、甘肃作协会员。在《飞天》《青春》等发表诗歌三百余首，出版诗集《雪地上的书生》，词条编入《中国诗人大辞典》。

想起南京（外一首）

甘肃／何军雄

想起南京
就会想起我那死去的
几十万同胞

想起南京
就会想起战乱年间
流离失所的弟兄

想起南京
就会想起枪林弹雨中
保家卫国的将士

几十年过去了
我的内心还在寒冷
为那些死去的亡灵立柱的碑林
压得我喘不过气来

历史的教训

不能忘记
那些残酷的剥削和饥饿
掠夺生命的豺狼
时刻要抱紧怀中的孩子

不能忘记
所有的历史都是教训
把昨天的历史翻印
看着那些血淋淋的杀人事件

不能忘记
谁站在世界的舞台
高呼和平的口号
把战争驱赶出局

不能忘记
在生命存活的年代
历史的刀枪
会抹杀一个人的意志

姚丽蓉，笔名绿草。双腿残疾。1989 年开始在省、市、县级报纸、杂志发表作品。出版个人诗集《绿草》《拐杖的转角处》等。个人事迹先后被中央电视台、《吉安晚报》、新干县电视台报道。

纪念一座丰碑

江西 / 姚丽蓉

一座丰碑

在南昌的城市，耸然竖立

表情严肃，安详

一群目光清澈的父老乡亲

在纪念碑前伫立

献上稻香，泥土，编织的花环

他们知道

当年没有无数英烈血洒战场

也就没有今天自由安康的幸福生活

他们知道

当年没有南昌起义一声枪响

也就没有今天宽敞的马路，林立的高楼大厦

他们更加懂得珍惜祖国的平安

南昌的天空，漾出碧蓝清波

于是，千年之后

生命之痛承载着历史的怒吼与呐喊

在一个城市清新的风中
散落一地的花瓣
而她依然静静地耸立
耸立成一座雄伟壮观的丰碑
维护着祖国生生不息
永不褪色的尊严！

七月断想

山西 / 柳依然

七月，我拿出锈迹斑斑的工具
擦拭，围追堵截的记忆
顺着暗红的木柄，隐约的歌声
顺着赤水河、大渡河的咆哮
顺着寒光闪烁的雪山、草地泥泞
……

从来没有一条路，被擦拭得
如此鲜艳欲滴，并且铁骨铮铮
……

也许走得太远，或者太快
烈烈西风、刀光剑影都已烟消云散
今天，当我再一次举手握拳
却握不住曾经的锋利和力量
七月，我如何擦亮我们的镰刀、斧头
割掉你内心的疑虑与忧伤

写给天津的消防官兵

湖北 / 刘锋

可燃气体
捻来蹿火的焰
突击一一九
他们犹如枪膛射飞的子弹

受灾险地,火爆极点
无情吞噬群众生命和财产

勇士,消防官兵
果敢地接近最前沿

救人！集成梯队
重组分工冲锋
视死如归的青春
把帽徽肩章闪现得更加庄严

还有鲜活生命

那又冒出余火的凶残

我去，我去
一声响过一声的请战

小心流弹
他倒下了，还有我们
前赴后继完成他的志愿

冲进塘沽火灾现场
救人，灭火
坚持到胜利，面对生命我们宣誓
下辈子还做一名消防兵

一滴落泪，打湿了青春

四川 / 漆毓

所有的昨天成为往事
背一包的不舍离开
不敢说一声告别

五年、八年、十二年……
青春，终究敌不过时间
被风侵蚀的岁月
从江南到塞外惹红了一片云彩
从塞北到南海消瘦了一片大海

掂一掂脱下的迷彩
倾付了一生的情怀
墙头的退伍红又红了一些

冷雨打湿了一地的灰尘
打湿了岁月
打湿了一片祥和的云彩

不经意间，我滴落的
一滴泪，便打湿了青春

毕俊厚，河北省作家协会会员，张家口市作家协会理事，张家口文学院签约作家。作品散见《星星》《诗选刊》《延安文学》等期刊。获全国、省、市级文学大赛奖若干。

八一诗选
BA YI
SHIXUAN

在长征途中倒下的战士和一把小米有关

河北 / 毕俊厚

最为残酷的路，不是走出来的
是一条条鲜活的生命串起来的

在草地，一条生命，仿佛淖里的一个水泡
顷刻之间，就可以消失

那个只有十六岁的战士，本来可以依偎在母亲怀里
本来可以撒娇，本来还可以和孩子们一起玩泥仗
可他选择了当红军，选择了
血与火

他第一次出远门，二万五千里
他用嫩小的脚，丈量红色革命
在雪山上，他像一只羽翼未丰的雏鹰
甚至
一阵风，可以掀翻他的弱体

星星为灯盏,雪山为棉被
暗夜,他只能背靠山峰哼着摇篮曲
他只能在睡梦里
才是一个孩子

现在,他全部的家当,只有一杆枪和一条干瘪的米袋
米袋里,只有一小把,被他反复揉搓的小米
金黄,甚至耀眼

饥饿,总是像一条虫子,在他五脏六腑窜来窜去
他总是用沾满泥巴的小手,轻轻地捧着
他只是朝前方看,不舍得吃一粒
他知道,哪怕前行一寸,意味着与胜利
又近了一步

当饥饿再次袭来时,他的眼前,一片金黄
沼泽地一片金黄,他的小手使劲攥紧那把米
不允许撒出一粒
他高高举过头顶的小手
一片金黄

现在,在我的掌心,常常会捧起一把金黄的小米
就像捧着一颗颗温热的生命
捧着那些因断炊,饥饿而倒下的战士

它们一粒粒跳动着
不忍下锅
不忍离开我的掌心
就像那些战士,即使倒下
决不离开祖国半步

薛鲁光，上海作家协会会员，退役军人。

我们与军旗一同升起

——献给中国人民解放军建军 90 周年

上海 / 薛鲁光

我们与军旗一同升起

升起黎明之曦

升起钢铁之臂

升起信念之帆

升起解放军今日的奇迹

当舒展着美丽的双翼

缓缓地擦过云翳

当满载着青春的旗杆

骄傲地挺进领海

当象征着主权的界碑

矢志不渝地永驻心迹

我们登上巍峨的哨所

开始站岗，开始巡视

并以黄河的雄浑，长城的威仪

以共和国子孙的名义

宣誓——

刀光剑影

勇者当先叱咤风云

以我们严谨的构思,青春的旋律

在这片血染的土地上

点燃理想之焰

于是,我们的思绪

飞向,南昌城头那一声枪响

三湾村寨那一次改编

遵义会议那一次扭转

延安机场那一次挥手

啊,戎马倥偬,屡建奇功

在我们粗犷、豪放的个性里

揉进了孙子兵法的细腻

拔刀亮剑的勇气

和数字化战争的神奇

哦,我们是站在蔚蓝色海疆

与军旗一起升起的哨兵

以我们的精湛

我们的宽广

我们的赤诚

捍卫着共和国的大厦

千秋万代永屹东陲

杨俊富，四川省作协会员，诗歌散见《诗刊》《鸭绿江》《人民日报》等。

站在17225块无名烈士纪念碑前（外一首）

四川 / 杨俊富

我听到了

17225 颗平稳的心跳

和均匀的鼾声里甜美的梦呓

我听到了

17225 颗澎湃的心脏

沸腾的脉动

我听到了

17225 张喊过冲杀的大嘴

聚集在这个红色根据地新建的大会堂里

畅谈着　中国梦想的兴奋

谁说他们倒下了

你看这四周的苍松

每一棵都是一个挺拔的脊梁

谁说他们远去了

你看这满山灿烂的杜鹃

每一朵都是一张幸福的笑脸

我只是……只是……

喊不出他们的名字

但谁，又能喊出每棵松柏的名字？

我却听到他们铿锵的步伐在大巴山里回荡

正碰痛我此时飘飞的思绪

认识一个新兵

他来自江南水乡的一个小镇

高中未毕业的年龄稚气未脱

高原的紫外线给他烙上了特有的高原红

微笑时的牙齿却白得灿烂

他在休息时喜欢看我做泥工活

他说他父亲也是建筑工

他说看到我就想起他父亲

他说他喜欢网络游戏

那天在那曲城玩了个通宵

被班长罚站了一个星期的岗

他说他现在不玩了　要多读点书

这我信，因为他站在我面前时

手里还握着一本书

吹号手

江苏 / 曾寿春

冲锋的号角一直在路上响,广场之中
你像一面旗帜站着

流行音乐的旋律像糖
跳舞的人溶化在夜中

快跑,脚下有雷……
听不到万马奔腾的蹄音,我就急:
日本鬼子扫荡时
父辈们有几个没逃过?!

老 兵

甘肃 / 宗海

这是一些险些被遗忘的老人

这是一些远离了镜头和闪光灯的老人

这是一些隐于大野,默默整理创伤的老人

这是一些只有在重大节日

才被我们翻捡出来的老人

今天,你们来到了天安门

走进公众的视野

再次接受主席和人民的检阅

激昂的进行曲

仿佛又一次让你们踏入了枪林弹雨的战场

眼睛里瞬间浸满泪水

这是回忆的泪水,这是激动的泪水

这是幸福的泪水

这泪水里有牺牲的战友,有强大的祖国

这泪水,就是奔腾的长江和黄河

手已弯曲，背已弯曲，双腿已弯曲
但这些，毫不影响你们伟岸的形象
是你们，让一个民族挺直了脊梁
是你们，让十亿人民幸福安康
你们，永远是矗立在人民心中的丰碑

再看看那些贪官，看看那些还高高在上的权力
他们猥琐的影子，是多么的灰暗
和渺小……

儿子即将退伍

河南 / 楼宇航

一

浓缩绿色时光

塞进返家的行囊

这笔积蓄,足够消费一生

两年的阳光月色

叠在心窝,前行的道路

从此不再与黑暗较劲

二

今夜吹响的熄灯号

怎能安抚起伏的心潮

明天第一缕阳光

会充当命运的罗盘

我相信,无论过多久

你都会把握军人的航向

明天,你将卸下领花

卸下肩章,但卸不下的是

一颗热血澎湃的心,是人生中

一段值得永远珍惜的嘹亮

三

曾经,多少次摸出你的照片

回忆过去的青涩与稚嫩

想象出你在远方的

飒爽雄姿

无数个夜晚遥望星空

盼望与你的目光,在空中交织

最亮的那颗星,一定

在你帽徽上闪亮

四

明天,你就要

跨入疏远已久的家门

八一
诗选
BA YI
SHIXUAN

与父母絮叨青春,你还会
用美好的梦想去镶嵌前程

明天,未知数搭设的舞台
你将用军人履历,做背景
恰如其分地表演人生

那城　那枪　那旗

甘肃 / 黄治文

一声冲锋的号角,从遥远的历史垛口
从一个红色城池的垛口上响起
一面红色的旗帜,在一个冲破黑暗的黎明
在旧军阀日渐破碎的美梦中升起
一阵密集的枪声,一股冲出黑暗的脚步
破茧而出的第一支武装,从南昌城头站起
那就是镰刀和铁锤锻打时燃起的燎原烈火
——南昌起义

偌大一片鲜血,洒向苦难沉重的大地
洒向八千里路云和月,这片红
被八一的钢枪在黎明时分撑起
被饱满的麦穗在秋收起义中撑起
被井冈山十万棵挺拔的翠竹撑起
被二万五千里长征路上倒下的铁骨撑起
那就是真理与信仰捍卫自由时放射的光芒
——八一军旗

回望九一八

山西 / 王显威

那时只有战火,只有鸦片的硝烟

穿过网状的河流

那时只有沉默,只有散乱的沙子

仰望呼啸的秃鹰

那年有一片纸,便是侮辱

那年有一摊血,就是抗争

当北大营的炮声打破北中国的平静

也许是第一次,镰刀与斧头

走出田园牧歌的童话

也许是第一次,高粱的血红

在原野奔流

也许是第一次,沉默的沙子

汇成祖国铁的长城

他们制定计划

他们饲养马匹

他们酝酿大树

他们擦亮猎枪
让那东洋的流浪儿,战栗地尖叫
沉没于欲望泛滥的河流

这是一段难忘的岁月
这是一曲英雄的长歌
当九一八的警报再度响起
那曾经的血与火
正汇成不竭的动力
让复兴的大船昂扬远航

刘华，作品散见《作品》《中国诗歌》《农村青年》等刊物，荣获 2011 安徽公众网第二届网络文学大赛一等奖、江西省大学生五四诗歌节三等奖等。

证　据

湖南 / 刘华

翻烂的烈士证

栖居一个伟大的形象

他骑健硕的白马

跨过井冈山等众多山冈

黎明的方向

他将最后的子弹射入敌人

腐朽的心脏。留在颂歌里的

父亲，来不及告别

故乡的山与水，人与事

时常翻开证明的孩子

已达天命之年

他固执如四十年前

从当地的年老者口中

一点一点，将父亲这个形象拼凑

很多细节

已经无从查究

通过这烈士证上的国徽
他仿佛摸到了
父亲的血脉

蜿蜒的龙

江苏 / 袁同飞

突然奔腾的热血，呼啸而至

这是一段喋血的印记

我为什么总被征服？当战争的猛兽

在上个世纪三四十年代爆响

我的千疮百孔的祖国母亲啊

总在急切地呼唤她的英雄儿女们

战争虽已经过去好多年了

但逝去的枪声，使母亲陷入深深的思念

长征是宣言书，长征是宣传队

长征是播种机，长征是光荣史

岁月，让一切变得遥远

我多么希望以光荣的名义再生

长征，是战争年代凝聚的难忘恋曲

是艰苦岁月汇聚的苦难乐章

长征，铸就了中国共产党人精神的长城

树立了中华民族不朽的历史丰碑

长征，是蜿蜒的一条中国龙

是一根根能肩挑重担的共和国钢梁

唐国明，湖南省作家协会会员，作品散见《诗刊》《钟山》《星星》诗刊等杂志。长篇小说《红楼梦八十回后曹文考古复原》分别在美国、秘鲁《国际日报》中文版连载。

二万五千里的回望

湖南 / 唐国明

一顶又一顶帽子顶起二万五千里

一支又一支枪向天空指出真理

一条又一条大河高过身体

一座又一座山冈翻滚在眼里

弯弯的小路指向密林深处

黑黑的土壤掩埋着一具具

吃草根喝野菜汤的尸体

排成长龙的火把，被悬崖挂着走向高山

被雪推着爬上天梯

被风带着陷进泥潭

时间的大背篓，把所有的尸骨背起

烧出火，照亮那些黑夜看不清的阵地

尸骨与英灵堆成后人仰拜的墓地

走过去，走过去

谁也不知道还要走多少里

谁也不知道明天，太阳还会不会为自己升起

从南到北，从东到西

草枯了又生,河枯了又湿

全如一群鸟,在四处飞

即使就要倒下,见不到日出

仍不停将信念的火种

播撒在有井水炊烟处

行走大地

用枪护卫自己,不知道从哪来到哪去

轰炸一轮又一轮过去

枪声一声又一声响起

有时撤退有时迎击

在进进退退中,走出了自己也走没了自己

每望着迎风飘动的云

每摸着自己的身躯

向黑夜的天空望去

只知道自己身在,无边无际里

真想哭泣,哭泣布满

无穷无尽苦难的大地

真想停下,不再这样无穷无尽前路茫茫

放眼望去,哪里还有一张让自己

安静坐下来的桌椅

唯有手里的枪,才能带着自己打出一块

能让自己安静一会的土地

为穷苦人能有,麦子与稻米填饱肚皮

没日没夜奔跑突袭

为了不被消灭,在生死线上

来回了二万五千里

脚印与脚印踏上去

一只马失蹄又一只马失蹄

一具尸体倒下又有一具尸体填上去

一坑一洼的路都是,用尸骨与血修成的

走过去,死去的已成火燎原了大地

活着的都是血火中涅槃的天鸟,将一粒又一粒

火红的种子,烧进了铜墙铁壁

张金凤,山东省作家协会会员,作品散见《诗刊》《人民文学》《北京文学》等期刊,著有诗集《山坡羊》。

八一
诗选
BA YI
SHIXUAN

八一,那一声枪响

山东 / 张金凤

多少声雄鸡的鸣唱都没有唤来黎明

那夜,太深,太沉,无边无垠

嫩芽们,等不到光明降临,死去了

拥挤的青春因黑暗而失血

倒在梦想枯竭的路旁

失了根的旧中国,似一架风筝

在四方冲突的风里痛苦飘摇

枪声在夜深处鸣响,像一道闪电

瞬间劈开厚重的云层

劈开那个混沌的时代

那一夜,一声枪响或许很单薄

在潮汐的反扑中很快被淹没

在撕裂的云层处很快被掩盖

它却是惊蛰万物的春雷啊

滚滚而过,只一声,只一瞬

世界因此而醒了

枪响开启了一个时代

不同于任何一次战斗

更不是瞄准中的练习

那夜的子弹，与任何一颗饮下鲜血的子弹不同

它是一纸檄文，一声号角

是向吃人的魔兽索取账单的利器

站在共和国宁静的土地上谛听

我仍能够从史册的飚风里辨别

那一声清脆的响声

是一声枪响，也是无数颗头颅

把热血溅向高高旗帜的声响

杨启刚，中国作家协会会员、贵州省作家协会理事、贵州省文艺理论家协会理事、都匀市作家协会主席。作品散见《诗刊》《星星诗刊》《诗选刊》等报刊，出版《遥望家园》等六部诗集。评论集《在乡村与城市之间抒情》入选中国作家协会 2014 年度少数民族文学重点作品扶持项目。主编《新时期贵州都匀获奖文学作品精选》等六部文学作品选集。

旗帜永恒

贵州 / 杨启刚

无数先辈奔涌不息的血液

浇灌着这片辽阔而丰沃的土地

那一束束金黄锃亮的阳光

以钢铁的坚硬和锐利

铸造出一把铮铮作响的锤子

与一把锋芒尽现的镰刀

那些先烈坚定的足迹

从风光旖旎的南国到粗犷豪迈的北方

以咆哮不止的黄河作为动脉

以奔腾不息的长江作为静脉

用万里长城作为绵延不屈的脊梁

走进中华大地的每一寸角落

太阳高擎着镰刀与锤子

扼断暗夜那些冗长的喉咙

震响了世界五分之一民众的心脏

鲜艳的旗帜在晚风徐徐的猎猎声中
高高地照耀着中华儿女那一双双
清澈明亮而坚毅不屈的眼睛
真情地献上信任,挚爱和责任
又有无数不畏荆棘丛生的身躯
充满信仰地毅然挺进新的荒原与垦地
再次穿越岁月峥嵘的风霜和沙尘
傲立成一座座我们这个时代
新世纪的生命宏图

一个黄皮肤的民族
就这样屹立于世界之林
屹立于这片古老而辉煌的土地
那是无数精英之魂浇灌的沃土
镰刀与锤子是壮士之骨锻铸的
无论哪一场来势凶狠的冰雹与暴雨
都不能毁坏那份永恒的精神
都不能使那面鲜艳的旗帜褪色

军 魂

河北 / 谷冰

钢枪，让我敬你一杯酒吧
你大声说话和竖起枪刺的时刻很美，蔑视一切的
眼神很美，你的威风，强悍，不屈，坚韧
你的呐喊很美，在血雨腥风的时刻
唯有你，代表了一个时代的风流与时尚

钢枪，当我沿着曲折的美徜徉
你为信仰而歌，不惜折腰的样子很美，很美
抛家，别亲，毅然决然奔赴疆场
甚至，很美的爱情也喊你不住，捆缚不住
你宁肯在猎猎的旗帜下喋血，也不能放弃
最初的选择，无疑，你是美的极致
无与伦比

钢枪，你静若处子的样子很美
当三月桃花灿烂，十月秋色馨香
你就是美女和帅哥，唐诗与宋词

和平鸽拥有的天空很蓝，你守护的江山很蓝

很蓝的你依然锃亮

像和田的美玉

那片云有雨，作品散见《诗刊》《延安文学》《山东诗人》等多家刊物。

拿起刀枪

天津 / 那片云有雨

我把被乌云遮蔽的月光
不叫月光
我把被豺狼制造的仇恨
也不叫仇恨
黑暗中踽踽游荡的冤魂
并未喊出我的名字
但我真切听到了，雨的低泣
风的呜咽

是谁，在暗夜里躺下又起身
是谁，让拍岸的惊涛，成为此刻
一个民族全部的喧响
如果怒火可以一万倍地浓缩
不，如果可以随我周身的每一个毛孔
喷涌而出

请给我上膛的斗志，铁的属性

铜的声音

请让我呼啸着的誓言，为真正的邪恶

草拟一首招魂曲

大风歌

胡庆军，中国诗歌学会会员、中国乡土诗人协会理事，天津作家协会会员。作品散见《天津日报》《诗潮》《天津文学》等报刊。著有诗集《走向成熟》《远去的风景》《点亮一盏心灯》《站在时光的边缘》等多部。

十月一日

天津 / 胡庆军

一位伟人用巨手一挥
这个日子就成了一幅国画
成了鲜艳艳的旗帜

风风雨雨中，沿着这个日子
中国一路走来
走出了富强民主，走出了文明和谐
每一步都坚定
每一步都有抹不去的记忆

中国，就这样一路走来
走出了宽阔走出了特色
走出了一条民族的道路
让世界瞩目

五颗红星，让大地和天空拥抱
中国，飘成了一面旗帜

彤红了东方
10 月 1 日,这个日子
成为一个路标
抬头或者回望
都时刻激励我们奋发前行

艾叶,本名杨锋。作品散见《解放军文艺》《诗刊》《山东文学》等报刊。出版诗集三部,参与《人间有爱》《雷洁琼》《风声鹤唳》等七部影视作品的创作。获中国社科院文学研究所、《诗刊》社、全军文艺新作品等文学奖。

诗八
选一
BA YI
SHIXUAN

伤 兵

云南 / 艾叶

Z.D 在时间之后你必须接近火焰
我们的身体内部变幻着光与影
这些都与火焰有关

在我居住的房间里
冬日生着炉火　窗外的雪
在睫毛深处不停地飞
每逢雪天　故乡愈加遥远
在洁白的墙壁上　我涂写故乡的名字
故乡　下着雪
下雪的故乡很凄美很遥远

Z.D 我还是给你说说我的父亲或者战争
四十年前他当了兵
在战场上不是枪支与炮弹的对抗
而是残酷的人性与人性的较量
当时父亲中弹成了伤兵

从战场上走下来躺在土炕上
成为乡间一株干瘪的谷粒
一阵风袭来便会左右摇摆

Z.D 父亲成为伤兵回家之后
我可爱的祖辈啊，一直引以为荣
在这种似乎崇高的荣耀蒙蔽下
他们
意识不到肉体与灵魂的疼痛
更不去关注亲人的泪眼　　我至今
不会忘记母亲　　我的母亲用瘦弱的双手
整日用酒精或者盐水清洗父亲身体的弹痕
我当时很小　　不懂得祖国和使命的含义
只想感受到原始的父爱和亲情
但我小小的年纪弄不明白——
为什么父亲受了伤，祖辈们引以为荣
母亲却如同哑语的病鸟愈加凄凉悲痛

后来我当了兵　　战争一直没有发生
所以对父辈参加的战争没有足够的理解
但是我知道战争不仅仅是打仗

不仅仅是领土的争夺和进攻
不仅仅是人员大批的受伤　身体的残缺
更是心灵世界一生难以愈合的伤口

Z.D 让我们记住这些
记住血色的太阳穿过黑发
痛苦的风呼唤着死去的生灵

吴志芳,南昌市作家协会会员,新建区长风诗社副社长兼秘书长。作品散见《创作谭评》《澄湖》《西山雨》等刊物。

南昌,军旗升起的地方

江西 / 吴志芳

多少次,我仰望蓝天

在阳光下

轻声呼唤你的名字

多少次,面对广场上飘扬的五星红旗

我看到了,英雄们

不朽的精神屹立在高高的纪念塔上

多少次,想起凌晨划破夜空的一声枪响

那嘹亮的冲锋号

向全中国宣告将革命进行到底的坚定立场

多少次,我站在军旗升起的地方

听飘扬的红旗猎猎作响

看和平鸽在蓝天自由飞翔

孙文华，中国散文学会会员、四川省作家协会会员、眉山市东坡区诗歌协会秘书长。作品散见《中国青年报》《中国散文报》等报刊，出版诗集《你看月亮的脸》等三部。获眉山市政府"苏东坡文艺奖"一等奖、甘肃省"红西路军精神"征文一等奖等奖项。

通道·恭城书院

四川 / 孙文华

当我沿着一条路走近你

走向长征

我才发现 1934 年 12 月 12 日

注定通宵不眠

可以想见一颗睿智的头脑

如何在一张中国的地图前

描画黑线、红线和蓝线

草鞋、小米加步枪的队伍

注定撑起中国的脊梁

只听见平地一个春雷般的声音

"西——进——贵——州"

这四个字，掷地有声，一锤定音

如同多少年后，天安门城楼上

"中国人民从此站起来了"的声音

生死存亡的关口

红色的血液怎能凝固

红色火炬必将燎原

通道,通道,通向英明的抉择
通向光明之道

招小波，广东省作家协会会员，曾任广州市黄埔区首届文联副主席、广州市作协副秘书长。八十年代末旅居香港，在香港新青年出版社任副总编。现为香港《华夏纪实》杂志副主编，《华星诗谈》编委。著有诗集《一秒的壮丽》《我用牙齿耕种铁的时代》等多部。

一块史碑已经足够

香港 / 招小波

一个花篮
带着历史的沧桑
出现在母亲的灵堂
它来自八路军
驻桂林办事处纪念馆

尽管历史已经苍老
但在当年
母亲是这个机关的
一把战刀

在历史的高山面前
前来吊唁的官衔与名衔
已变得非常矮小
像一片匍匐的蒿草

丁显涛，辽宁省作家协会会员。有作品在数十家报纸、杂志发表。

红　船

辽宁 / 丁显涛

七月，一声惊天动地的轰响

腐朽崩塌

硝烟中诞生红色的希望

让国人看到了光明和前进的方向

嘉兴的南湖

一条名不见经传的游船上

风雨中，承载着真理的力量

慢慢远航

湖水浸润了整个饥渴的中国

也使得这块黑暗的土地上

孕育着一些革命的火种

在鲜血的呐喊和枪炮的轰鸣声中

逐渐苏醒

生根发芽

开放成燎原的花朵

让我们同胞的眼神写满期望

在经历过无数次的站立与倒下
经历过无数次的痛苦磨难后
终于,用铁锤砸碎昏暗的黑夜
用镰刀收获新生的光明
在广袤的大地上
用华夏民族的尊严与呐喊
锻造东方巨龙的中国梦
一个国家,一个民族的船
在世界的风浪中
扬帆劲航

戴俊马,转业军人,中国散文学会会员,长春市作家协会会员,吉林省作家协会会员,出版诗集《模糊不了的情景》《天堂鸟》《站立的黄金》等。

八一随想

吉林 / 戴俊马

这一天,我们想到了南昌

想到了安源、洪湖和左右江

这一天,我们想到了井冈山

想到了横断山、宝塔山和大别山

这一天,我们想到了五次"反围剿"

想到了两万五千里长征、西出祁连和喋血皖南

这一天,我们想到了古田会议

想到了遵义会议、国共合作和八七会议

这一天,我们想到了三湾改编

想到了三大纪律八项注意、延安整风和《论共产党员的修养》

这一天,我们想到了黄洋界上的炮声

想到了平型关下的烽火、锦州城内的硝烟和渡江船帆上的弹孔

这一天,我们想到了灰军装

想到了草鞋、裹腿和背带

这一天,我们想到了八角帽

想到了蓝臂章、红五星和绿肩章

这一天,我们想到了工农红军

想到了八路军、新四军和中国人民解放军

这一天，我们想到了张思德

想到了刘胡兰、董存瑞和黄继光

这一天，我们想到了十八勇士

想到了狼牙山五壮士、八女投江和淮海战场"十人桥"

这一天，我们想到了金色的鱼钩

想到了闪闪的红星、朱德的扁担和一个苹果

这一天，我们想到了南泥湾

想到了渤海垦区、石河子垦区和松嫩垦区

这一天，我们想到了上甘岭

想到了胡志明小道、麦克马洪线和珍宝岛

这一天，我们想到了铁道兵集体转业

想到了百万大撤军、五十万大撤军和二十万大撤军

这一天，我们想到了唐山抗震

想到了大兴安岭扑火、决战三江和抗击非典

这一天，我们想到了索马里维和

想到了刚果(金)维和、利比里亚维和和亚丁湾护航

这一天，我们想到了神十上天

想到了蛟龙号潜水、航母服役和歼10扬威……

这一天，我们会想到很多很多

我们的思维被击针击中，浮想联翩

我们想到了湛蓝的天空、和煦的阳光

明朗的大地，以及森林、河流、绿草和白云

我们想到了歌声、笑声，牛羊马的叫声

我们想到了汉语、英语、拉丁语等的大联欢

我们想到了太平洋、印度洋、大西洋等的大和谐

我们想到的越多，肩头的重量越沉

我们想到的越细，脚下的步履越稳

我们是新一代的八角帽，新时期的红五星

我们肩负着新的使命、新的航程

这一天，我们都要把自己作为巡航的战机

重新洗礼、重新加油……

余开明，作品散见《诗选刊》《诗歌报》《中国铁路文学》等报刊。

诗八选一
BA YI
SHIXUAN

沙洲坝"红井"

广东 / 余开明

水是清的
就像红军的心
这井水，曾流进
红军与人民的身体
所以就有了
军民鱼水一家亲

水是甜的
它滋养着苏区人民
就像那时红军
博大的精神
苏区人民爱用红井的水
因为，吃红井的水
在今天，能说出良心的话

陈中远，作品散见《开封日报》《诗选刊》《诗潮》等刊物，2015 年上海纪念抗战胜利 70 周年诗歌大赛征文中荣获二等奖。

献诗·红色的弹痕

老兵不死，走进夕阳。——麦克阿瑟

上海 / 陈中远

一

墓园寂静，我伫立默哀

眼眶里飞溅出的泪花

化作清明时节的雨

洁净的墓碑中央，是音容犹在的爷爷

坟茔前松柏躯干上明亮的疤结

令我怀想起爷爷身体上的累累弹痕

烽火连天的场景

以命搏杀的呐喊

黑色的烟雾，红色的弹痕……

我抚摸过爷爷身体上的伤疤

我亲吻过那些红色的弹痕

轮廓那么清晰！——红色的弹痕啊

是我童年的烙印

二

放牛娃没有自家的牛
种田人吃的是粗糙的糠皮
三座大山当头压,穷苦大众闹翻身
梭镖,钉在地主恶霸的脑门
锃亮的红缨枪杀进黑暗的旧社会

白色恐怖里不回头
枪林弹雨里往前猛冲
坚毅的脚步跨过岷山的千里冰雪
茫茫草地,用力嚼碎茅草根
牛皮腰带煮的清汤,最美味
掉队不掉志
胸腔中有一颗红星在闪烁
腰不弯,气不馁

三

沦陷,沦陷
抗战,抗战——

把自由的红旗高高擎起
把亡国奴的帽子重重踩在脚下
东渡黄河击日寇
鸡毛信奔跑在泥泞的小路上
消息树砸出小鬼子的脑浆
仇恨的大刀砍向敌人

浴血八年战东洋,娘病故,未还家
抗美援朝打过"三八线",爹殒殁,难奔丧
赤子的情怀,恰似满坡啼血的杜鹃

四十岁才迎娶我阿婆
须发皆白,走进企业部队学校当宣讲员
爷爷啊,您讲长征故事
讲革命传统,教育红色的子子孙孙
您以鲜血滋养留在体内的弹片
让军人使命永远保持旺盛的战斗力

四

小腿上三处
是中正式步枪的弹痕

左肩，右大腿五处贯穿伤

是三八大盖的弹痕

左臂，左大腿六处

是美式汤姆森冲锋枪的弹痕

额头，腹部，背部

大大小小九块疤，是炮弹弹片的弹痕

——一个个弹痕在身体里安家的

时间，地点，故事

您都如数家珍

一个个红色的弹痕

就像一朵朵殷红的梅花

就是一段段凝固的光阴

就是一枚枚有生命的勋章

凝望着红色的弹痕，总会

有一种力量穿越我的心灵

五.

用血肉锻打的军功章，爷爷极少佩戴

放在木匣里

让它们静静休憩

是啊,走过万里长征的人

转战南北的人,才知道双腿有多累

是啊,耳朵失聪的人

才会惟妙惟肖地模仿子弹"嗖嗖",炮弹

呼啸爆炸的惊天巨响

爷爷留下遗嘱——

百年后,火化

弹片送纪念馆,留一片做传家宝

骨灰不进家族墓地

葬于烈士林方阵

您舍不得并肩作战、患难与共的战友

您眷恋着雄壮的队伍,嘹亮的军号,庄严的军礼

八十五年如一日啊,爷爷

天天唱着《三大纪律,八项注意》的凯歌

六

我轻抚过的红色弹痕

我亲吻过的红色弹痕

弹痕——

在燃烧

敬爱的爷爷
您通体透明地走进血红的夕阳
二十三朵弹痕串成金色的光环
簇拥起一个丰盈的灵魂

昨天的晚霞追赶上了今天的朝阳
看啊，在东方
共产主义的光芒
阳光一样照耀着
祖国的万里河山，呵护着
一个大国复兴的梦想！

郭全华，安徽省作协会员，太湖作协主席。作品散见《诗刊》《星星》《诗选刊》等刊物，获奖若干。著有诗集《五季书》《那一朵火苗》。

重访长征路

安徽 / 郭全华

你要找的那些褴褛
被草替代了
被水洗净了
被记忆漂白了

一茬茬情节
都长成了蓝天白云
只有当年的拐杖——
人民和他好奇的孩子依旧

带着满腔的幸福与阳光
你冲淡不了这里常年的寂寞
你回不了一九三五年
回不到死亡与饥饿

荆棘是当年荆棘的后代
人民是当年人民的子孙
被纪念碑收留的故事
你不仅要读，更要学会扛

陈广德,中国作协会员,徐州市作协副主席兼影视委员会主席,国家一级作家。作品散见《当代》《中国作家》《中国诗歌》等报刊,获《人民文学》《诗刊》《人民日报》等报刊举办的诗歌大赛奖120余次,获江苏省"五个一"工程奖,著有诗文集10部。

金星方队
——写在百将团

江苏 / 陈广德

万物张扬!

鸽翅在长空中矫健,折射明媚

马蹄急驰,有野菊谛听石火鼙鼓声隐约

望边关

从容不迫

是稳健,更是坚韧

百折不挠,百炼成钢

成磅礴的队列

金星,并肩接踵

看明月油然而起

遍地笙歌

钢花让高炉璀璨,霞彩正擦亮岁月

真善美的世界伸手可触

和平是魂魄

彭林家，中共党员，中国散文诗作家协会副主席，全球汉诗总会联络主任，当代文学理论家、作家、评论家，大学客座教授，参与清华大学出版社的大学教材编写。作品与评论散见《诗刊》《词刊》《人民日报》等 100 多种国内外报刊、媒体及权威选本。

起义战绩

江西 / 彭林家

南昌相遇的合力

你激战的第一枪

凌晨，一声春雷划破了寂静的夜空

正义生成的红袖标，护着心灵启航

前敌委员会的指挥

洒遍全歼守敌的战果

义军分批撤出英雄城，南下的回望进贤

某师长的逃脱，部队减员的变迁

慈云飘着博爱

你从枪林弹雨里走来

智慧，铺开了一条通往赣江的命脉

衔接土地革命战争

继承武昌起义占领的空间

血水流成了银河的壮美

虽然陌生的足迹弥漫大地

飘动的旌旗，为我们谈兵谈道谈韬略

恰好的视野，抢眼的风景

拉开创建军队的序幕

中国共产党独立领导武装斗争——开始

本土，升起了根据地的曙光

巨手举起的火炬，指明了前进的方向

兵有三道

那里的光芒

你嗅到了正道、奇道和伏道的原始跫音

本能潜入的布防把力量驮起

时常一波三折的高处赢得了玄渊

不经意

我倒进了你的月色

映射的宫殿开篇

党叫我怎么办，我就怎么办

耐心的筹划、仁义

战役的硝烟结束

纵使粉身碎骨，也绝不背叛党！

就像酝酿的灵感

如那神来的一笔占领了瑞金

1927 年 8 月 25 日下午

取得了第一次攻城的胜利……

向一条云中游动的赤龙致敬

河出伏流沸点和冰点

重温血管里传情的史话

突破的事物早已突破了自我

识别，一种无为之道的悄然进行

无私无畏，让远方融合了近景

驱使黑暗输给了光明

任风的穿越

打土豪分田地，建立了苏维埃

任雨的狂奔

拿镰刀举斧头，撼动湘南起义

今天，从历史的门槛开启一道缝隙，拉开宇宙的窗帘

渐渐地，唤醒着世界的梦境

我们是人民子弟兵

江西 / 罗启晁

我们是人民的子弟兵
在隆隆炮声和弥漫硝烟中诞生
朝着军旗指引的方向
我们勇往直前
我们用布满弹孔的身躯
筑起永不倒塌的钢铁长城
我们用军人的忠诚
浇灌祖国永远的春天

如今,新征程的号角已经吹响
强国强军的目标在向我们召唤
我们是铁血的战士
服从是我们的天职
我们是人民的军队
一切听党指挥是我们的使命
我们没有忘记历史的硝烟
我们看到了南海海面上的乌云

我们蓄满了一腔腔豪情

我们怀揣着一颗颗忠心

我们常备不懈

我们随时待发

我们将朝着党指引的方向一往无前

为了国家的安宁我们抛洒热血

为了人民的幸福我们纵马驰骋

我们招之即来

我们来之能战

我们战之必胜

在改革的滚滚洪流里

我们同样能浴火重生

我们将以我们的铁血军魂

和对党的绝对忠诚

驾驭改革的惊涛骇浪

用勤劳和智慧找准自己的坐标

用夸父追日的勇气

去追赶现代文明

用热情去驱逐心中的荫翳

用双手去开创美好的未来

诗八一选
BA YI
SHIXUAN

用激情豪迈的歌声描绘金色的理想
用坚如磐石的信念描绘灿烂的前程
我们是人民的子弟兵
我们将用我们的责任和担当
共同肩负起强军梦,中国梦

詹黎平，浙江省作家协会会员，杭州市作协理事，淳安县作家协会副主席兼秘书长，中国散文学会会员。鲁迅文学院 2014 年浙江作家班学员。出版诗集《生活史》《箱子里点灯》等四部。曾获 2015 年度中国大别山十佳诗人奖。诗作散见《山花》《诗探索》《江南诗》等刊物。

大刀（外一首）

浙江／詹黎平

我们熟悉这样的大刀

刀柄上还应系着一条红绫

当它插在红军战士背上

像电影《红色娘子军》里的洪常青一样英姿飒爽

也曾让我幼小的心灵有过深入骨髓的羡喜

而事实是当大刀出鞘

在战场上挥舞

那血肉飞溅的场面何其残酷

随着流年暗转，这把大刀落脚在纪念馆陈列柜里休眠

刀口已钝，刀身亦已失去曾经的寒光粼粼

沉默像逝去的历史

只在黑漆般的墨夜发出含混不清的低吼

仿佛仍在惦记那段嗜血搏杀的晦暗时光

汉阳造

对付日本鬼子

汉阳造步枪明显落后于三八大盖
对于缺枪少弹的工农红军
拥有一支汉阳造步枪
则是延伸尘土与热梦的不二家什

陈兴宇，中共党员，当过记者，做过编辑，现从事教育工作，任高级讲师。有多篇文学作品刊发或收录于《现代文萃》《演讲与口才》《文苑》等报刊，多次在全国及省、市文学大赛中获奖，现已发表作品数十万字。

八一精神

云南／陈兴宇

　　历史给了我们宝贵的精神，我们要牢记，并用它来践行社会主义核心价值观。——题记

一

二十八年的浴血奋战

每一次伟大的实践都孕育一种精神

这是前人的，也是后世的

二

1927 年春夏

由于列强的挑拨、分化

反动派疯了

他们背信弃义，高高举起了屠杀的大刀

革命群众也难逃嗜血的魔爪

鲜血，警示着国人

危险

就在眼前
和我们一起战斗吧
中国需要一场新的北伐

三

南昌城,表面风平浪静
杀机埋伏于周围
我们要活着
我们要挽救中国革命

四

时间紧迫
敌人的援军就在四周
我们进行改组
联络起义的部队
我们背负着战友的遗志
抓紧准备、准备

队伍一天天聚拢
时间一分分逼近
起义就在眼前

五

8 月 1 日

党在心,枪上膛

历史的车轮无法阻挡

一群真正的革命者

打响武装反抗国民党的第一枪

世上本无路

我们踩出了路

从此揭开了中国共产党独立领导武装斗争

创建革命军队的序幕

六

档案一:

"我完全听共产党的,党叫我怎么干我就怎么干。"

——贺龙

冒着白色恐怖的危险

毅然率领部队到达南昌

坚定的信念,质朴的话语

胜过一切华丽的辞藻

党的需要就是战斗的信号

计划成竹在胸

岗位是前线

我们战斗,我们冲锋

把胜利插上城楼

插入敌人心脏

七

档案二:

　　"南昌暴动是反帝的土地革命的开始,是英勇的工农红军的来源。

　　特决定自 1933 年起, 每年八月一日为中国工农红军成立的纪念日。"

　　——《关于决定"八一"为中国工农红军成立纪念日》

面对蒋介石的残忍

顶着共产国际的巨大压力

一向温和的你

激动地拍了桌子

——"还是干"

触摸着危险和死亡
凌晨两点
以周恩来为首的共产党人
在敌我力量悬殊的条件下
发动了八一南昌起义
率先开启了创建人民军队的伟大壮举

八

这么大的动静
敌人岂能善罢甘休

面对数倍的敌人
我们顽强抵抗
面对主力的失败
我们不气馁,不屈服
以百折不挠的精神
继续坚持斗争
胜利——挫折——成功

井冈山会师

我们走上了农村包围城市
武装夺取政权的正确道路

九

土地革命
得到了广大贫苦农民的真正拥护
人民军队慢慢发展壮大

十

档案三：

　　"南昌市繁华的中山路 380 号,有一幢外观呈银灰色,
楼高四层的回字形建筑,原为江西大旅社。"

　　　　　　　　　　　　　　　——南昌起义旧址

南昌市,中山路,江西大旅社
一条条由粗到细的线索
描绘出一个"军旗升起的地方"

银灰色的大楼,坐南朝北
年轻的前敌委员
围坐在喜庆厅

以大隐隐于市的策略
研究和部署着起义有关问题

众多起义的机密从这里产生
然后成为过去
现在我们把历史搬到了台前
以崭新的姿态迎接世人

十一

八一军旗高高飘扬于纪念塔
八一精神孕育而生
厚重的影响继续延伸
这种强大的精神力量
无论是在革命战争年代
还是和平建设时期
都发挥着重要的作用

精神是支柱、寄托与财富
精神更是忘我的动力

十二

一道门关上
另一道门打开
天空如此灿烂
让我们飞吧
飞向中华民族的伟大复兴

十三

爱能延续爱
爱能引发共鸣
爱需要载体
如同精神需要传承

国家、社会、个人三个层面
三个倡导勾绘出
国家的价值内核
社会的共同理想
亿万国民的精神家园

世界也忍不住停下脚步
仔细研究起来

十四

不同的年代,不同的环境

相同的渊源

蓬勃的生机和活力

源于马克思主义在中国的具体化

中国在发展

我们朝着共同的归属

与时俱进

十五

躺在母亲的怀里

享受着慈爱与关怀

幸福来自于身体和精神

你的抚摸具有神奇的力量

十指紧握,掌心相对

留下的是责任与担当

十六

阳光下,春天的树

以坚定的信念

向上生长
溢出的绿凝聚着自信和取向
每长高一寸
视野就更加宽广

如今,奋斗的大门洞开
犹如 90 年前的号角
等待我们
听党指挥,敢为人先,百折不挠,为民奋斗
一代接一代把红色基因继续传承

李旭,作品散见《人民日报》《光明日报》《工人日报》等报刊,获奖多次,入选《星星诗刊》2015 诗人档案。

朱德的扁担

四川 / 李旭

他是大官
却没有什么遗产
他一生俭朴
只给我们留下
这条弯弯的扁担

这条弯弯的扁担
让我们想起
黄洋界上的小路
他挑着粮食
和士兵同甘苦
穷苦人从这里
看到了希望
饥寒者从这里
感到了温暖
于是扁担跟着扁担
汇成革命的洪流

从井冈流向延安
汇成长江的激流
一夜间就冲破了
黎明前的黑暗

什么是艰苦奋斗
什么是吃苦在前
这条扁担从不空谈
只是默默地弯下腰身
挑起重担走在前面
成为连接心灵的桥梁
成为风浪中挺拔的桅杆

南海高脚屋里的兵

北京 / 楚郑子

把你关进一间小屋
再放到辽阔的大海
一年　两年
你会入骨体会什么叫孤独
水是生命之源
可当生命中只有海水
一年　两年
你更会明白什么叫
对海的恐惧

对着海风说话
对着海鸟说话
对着鱼群说话
总怕丢失自己的语言
拉着送补给的战友的手
我不停地说
他是这一大片海域

唯一能听懂汉语的人啊

一月一次

亲人的感觉,那么短暂

还不及天上的一次月圆

目送补给船消失在海面

我会用一个月

翻阅战友留下的一捆过期报刊

连一个页码

中缝广告的每一个汉字都不放过

我在搜寻我关心和牵挂的每一件事

故乡的信息再晚也特别亲切

真的佩服班长

以及班长的班长们

他们在这十几平方米的高脚屋

一守就是十来年

他们重返故乡时

是如何把一个海洋动物重新驯化

如何脱下他们骨子里厚厚的盐

吊脚屋是祖国插在南海的一根根门桩

我们的营地与海潮保持不到一米的距离

只要我们不在海风中腐烂

这茫茫大海上的国境线

就是一道坚如磐石的防波堤

如今第一代第二代高脚屋都光荣退役

祖国一夜间把岛礁建成海上花园

从此南海多了许多边城

我们这些一直孤悬在海浪上的战士

终于有地盘像城里人一样散步、购物、上网

看一架架飞机降落身边

这是多么强大的祖国哟

如果你有望远镜

一定能看见我们饱经风浪

飘扬在南沙群岛的灿烂笑脸

现在每天收操，我们都会

迎着第一抹朝霞，跑到海岛边沿

攀上空荡的高脚屋

擦一擦生锈的铁架

抚去门窗的尘埃，深情地望一眼

我们留在里面的那些岁月

南昌起义

广东 / 郭东海

这星星之火，可以燎原

这正义和冲破一切黑暗的第一枪

可以唤醒中华民族五千年以来的沉睡

我们握紧了枪就是一座新的长城

我们用好了枪就是一个崭新的民族

我们创造了枪就是一个全新的中国人

我们的枪，善于打破一个旧世界

我们的枪，善于创造一个新世界

我们的枪，给人民的军队

我们的枪，保卫中国人民

我们的枪，维护世界和平

这是我们永远的旗帜

沐浴着太阳的光辉

因为我们是光明正大的共产党

因为军民鱼水一家亲

我们是世界历史中最光辉灿烂的篇章

我们是全人类发展文明史最先进的政党

我们领导了南昌起义

我们指挥了枪

虽经血雨腥风的洗礼

虽经艰苦卓绝的战斗

但我们赶走了一切帝国列强

我们打败了一切反动派走狗

我们建立了伟大的新中国

我们正复兴光明盛大的中华民族，多么正确的方向

我们是黎明之剑，穿过漫漫长夜

每个人都是如日中天的太阳

温暖自己也照亮别人

我们是人民子弟兵

只要握紧了枪

就不怕豺狼虎豹，就不怕牛鬼蛇神

我们高举南昌起义的正义之枪

走到今天因为不怕困难不怕牺牲

所以我们是攻无不克战无不胜的党

走的每一步都正义凛然留下千古道德文章

谢子清，作品散见《芳草》《格言》《雨花》等报纸杂志，获各级征文奖励30多项，系中国自由撰稿人协会会员。

那一声炮响

四川 / 谢子清

1927 年 8 月 1 日凌晨
江西省会高耸的城楼
一声炮响
拉开了赤色革命的帷幕

这声炮响
只为反抗残暴铺天盖地的吹打
争取让一个民族昂起头来
为压在底层的儿女翻一翻身子

这声炮响
让几万人听出了兴奋
听出了正义的嘶鸣
听出了姿势完全不一样的抗争

这声炮响
让南昌染上了红色

让几乎就要流干眼泪的中国
看到了闪烁的曙光

胡庆军，中国诗歌学会会员、中国乡土诗人协会理事，天津作家协会会员。作品散见《天津日报》《诗潮》《天津文学》等报刊。著有诗集《走向成熟》《远去的风景》等多部。

旗　帜

天津 / 胡庆军

随风飘扬的旗帜
猎猎展成号角
猎猎展成呼喊
拂动所有的思绪

岁月已经走远
曾经的日子也已成教科书中的历史
阳光，让激情和掌声
砌成牵动我视线的风景

最初，或许是一件带血的衣衫
高挑在竹竿上，让
信仰成为一面鲜艳的旗帜
让追求真理的人们聚集
血与火冶铸的旗帜
把东方大地辉映得无比壮丽
无数人为了旗帜倒下或站起

演绎凤凰涅槃的传奇

走过漫漫长路,在高擎的旗帜下
人们用青春的热血
人们有青春的信念
去追逐一种精神、一种伟大、一种真谛

回望走过的不平凡经历
风霜,遮不住旗帜的鲜艳
烟尘,掩不住征程的灿烂
峥嵘岁月中,你引领了奋斗的足迹
和平进程里,你谱写了美丽的进行曲

面对旗帜,我们握紧拳头
高高举起我们的手臂
用激情点燃生命的信仰
诉说给未来诉说给现在诉说给记忆

诗八一选
BA YI
SHIXUAN

景绍德，内蒙古呼伦贝尔市人，市作家协会会员，中国诗歌学会会员，阿荣旗诗词协会理事。作品散见《诗刊》《人民公安报》《内蒙古日报》等报刊，多有作品获奖。

那些承载着力量的地名

内蒙古 / 景绍德

1

任家窝棚

一个即将被遗忘的名字

但它曾响彻阿荣大地

一九三九年腊月二十七

抗联英雄冯治刚将军

为了这片土地的安宁

为了这里的春暖花开

将三十二岁的生命定格在任家窝棚

他用军人的赤诚

向祖国敬下庄重的军礼

2

战争的土地

英雄是飘动的红旗

突出包围

八大队奔向白桦泉子

撤退时尹德福击毙了日寇军官

七大队奔向马瞎子沟
为掩护部队突围
政委高禹民用生命吹响了冲锋号

3

九天九夜
从沃尔会河到六河屯到人头山
此外,还有金山屯之战,狼洞沟之战等数十次战斗

三支队缴获了格尼努图克警察所的械
在索里珠沟,全家窑西山沟设伏
在长安堡
共毙敌百人

许多无名抗联英雄
将生命深深扎根这片土地

4

映山红花开的时候
我看到了英雄们在微笑

洋滔，本名杨从彪，中国作协会员，中国通俗文学研究会会员；曾任西藏作协理事、拉萨作协副主席、《拉萨河》主编。作品散见《诗刊》《星星》《人民日报》等百余家国内外报刊。出版诗集7部，编辑（编著）出版17部文学作品集。

婚礼

四川 / 洋滔

明天他就要上战场
今晚举行简单婚礼
在雪海深处的那间小屋
人们品尝酒和糖的苦味

既然桥已在今夜合龙
就必然承受暴洪的冲击
她没有用泪洗圆十五的月亮
而是用微笑倾泻滂沱的情感

它不会成为短暂的闪电
它不会成为最后的墓志铭
它不会成为永恒的初恋……

幸福的阳光和五彩的灯光
完成了一首新婚别
雷声在远处滚动

遍地的雪
燃起白色的火焰
雄鹰开始收拾翅膀

胡绍珍，四川省作协会员。作品散见《星星》《散文诗》等刊物。出版散文集《故乡情怀》，散文诗集《我一直轻轻地叫你》，诗集《临界点》。

八一
诗选

**BA YI
SHIXUAN**

琳琅山的嘱托

四川 / 胡绍珍

大朵的蘑菇挤破春天的袍子

止不住的阳光流泻成红色经典

琳琅山，草木茂密，山路蜿蜒

时间深处，记忆如莲

我在密林中穿梭，沉思

古老的松柏树下

一缕英魂游来，朱德向我招手

"喂，川北老乡！"

军衣与琳琅山同色

身躯与琳琅山等高

军姿同琳琅山挺拔

慈爱如琳琅山的春风

八一南昌起义的将领

指挥陆海空三军的总司令

林中的露，嘀嗒

树叶，微微抖颤

梦境，恍惚迷离

朱老总嘘寒问暖，像父亲

拍拍我的肩，递来一串嘱托：

川北老乡，我的邻居

你要经常替我摸摸乡愁的轮廓

看看炊烟下的田园

庄户人家，空巢老人

看看药家垭小学的先生和留守儿童

多年，没回家看过他们

替我擦擦父母用过的木床

风车、犁耙、牛圈、草房

在潮湿的时间，我怕它们生锈了

还拜托你一件大事

去苍溪的红军渡

南部的长坪山烈士陵园

巴中的红军纪念碑

替我叩拜长眠在地下的兄弟

代我敬他们一杯酒

夜这么深，思念这么浓

每次去琳琅山，朱德就嘱咐我

像我的父母，不停地唠叨

怕我这个军人的后代
把国家、人民、英雄、烈士、民族兴旺
这些大词,忘到后脑勺去了

徐佃龙,中国诗歌学会会员,济南市作家协会会员,《齐鲁诗歌》杂志创办者,《诗中国》杂志主编,《东坡风》杂志执行主编,《中国诗歌精选》主编,《2012诗歌精品年鉴》主编。主编、参与主编刊物38部。著有诗集《烛光里的温柔》。

边防战士

山东 / 徐佃龙

整齐的武装

站得笔直

他们在

守卫祖国的界碑

不畏烈日严寒

何惧风雪欺凌

勃勃英姿

走过一个个春夏秋冬

胸怀九百六十万平方公里的热土

笑对世纪风云

站成一方风景

无名红军墓

云南 / 胡子龙

在我的家乡
云南　大理　祥云
清亮亮的楚场河畔
几捧红土,三五块河石
在庄严地标示,这是一个
没有留下姓名的红军战士的
长眠之地

孤独的墓
一点也不寂寞
热烈簇拥这位红军烈士的
是汉家的藤
是彝家的草
是苗家的叶
是傈僳家的花枝
年年岁岁,满山坡杜鹃花开
杜鹃鸟声声唱

从 1936 年那个壮烈的日子
一直唱到了今天

这是一座无名的墓
长眠在墓里的烈士
拥有世界上最响亮的名字——
红军战士！
这座墓和万里长征路上的
每一座烈士墓一样
是地球上的红飘带
几块粗糙的墓石
镶嵌在祥云楚场河的青山绿水间
也镶嵌在，共和国的大厦上

张贵彬,山东省作家协会会员,德州市作协全委委员,德州市写作学会副会长,德州市电影艺术家协会理事。作品散见《北京文学》《星星》《人民日报》等报刊。获"大韵杯"北方瓷都寄情怀全国诗歌大赛一等奖。

诗八选一

BA YI
SHIXUAN

乡 音

山东 / 张贵彬

眉目清秀,心事迢遥
我把你唤作书生
土腥味十足的学兄

从私塾古旧的纸张上走开
拨开韶河水迟重的喘息
燃亮离乱的秋色

你善读无字天书
济世之心触摸苍生
切中历史律动的脉搏

这思想天幕上凌空的鹰隼
伴着孤独和撕扯
每次发现都源于视野的高阔

但你不是曲高和寡的琴手
哪怕挤压下呻吟的水花

也会让它涨成引领的潮头

五千年文明托起湘水风情
古老的韶乐翻作激越的交响
时势选择自己的英雄

我布衣草履的学兄
深谙生存之道的领袖
你让低矮的乡村烧红山河

你只听命于民心
尊重土地的脾性
除此别无他想

你是强者,胜利者
柔软,浪漫,如你的诗章
如你,最见不得群众流泪

踏遍祖国青山,你终是
当年进京赶考的书生,一句话
被你喊成最强的中国乡音

军人的珍藏

浙江 / 蓉儿

那双鞋,一直站着
像一棵树,守着家门
没移动过半步
他常硌痛八一的目光

草绿色,就像长江一样
穿越他的胸膛
还是从越南前线回来的模样
颜色如阳光般鲜亮

多少次,穿着那双鞋
在梦里奔跑,从南到北,从东到西
家国总缠绕在心头
在他身上,我找到了军人的骨骼

李山冕，中国散文学会会员、中国摄影家协会会员、江西省作家协会会员，作品散见《人民日报》《光明日报》《法制日报》等报刊。

烈士墓

江西 / 李山冕

和清明有关
和清明的风雨和阳光有关
清明是记忆和伤感发酵的时节
此时，人们习惯带着庄重
带着祭品，亲近烈士墓
香火缭绕着世人的思绪
花圈便是回赠烈士的春天
亲近烈士墓，你像是触摸到
战争年代的闪电、雷鸣、狂风、暴雨
亲近烈士墓，你又像是触摸到
今天的阳光、雨露、蓝天、白云
清明节是烈士的春节
我们该为烈士拜拜年
谈谈我们的思想
聊聊我们的新生活
烈士墓碑是一面镜子
我们用它照照自己的灵魂
烈士墓碑也是一扇窗户
我们能看见烈士的笑容

田智生，江西省作家协会会员，南昌市作家协会会员。曾任《江西国防科技工业》杂志编辑，参与编辑大型纪念文集《砺剑——揭秘江西军工》。作品散见《诗刊》《博爱》《人生》等报刊。获江西省"我的家风"征文一等奖等奖项。

诗八选一
BA YI
SHIXUAN

红军雕像（外一首）

江西／田智生

迈着前进的步伐

耸立在街头

历史，为他的生命

画了殷红的句号

然而，他那最后的一声呐喊

依然在天空中

回荡

尽管，英雄目视的前方

已经是满园春色

可人们仍把他们的步伐

当成标尺

来校正自己

街上走着一位残疾军人

一双拐棍支撑残疾的身体

与不倒的信念

从遥远的战争年代走来
拐棍，默默地领引着他
跨过了几十年的沟沟坎坎

昔日威风凛凛的八路军战士
如今满头白发，老态龙钟
只是那几块不同寻常的伤疤
从岁月深处流淌出的传奇
抵达让我仰望的高度

几次中弹，他说——
战士负伤不是负伤，是挂花
战士流血不是流血，是带彩

拐棍点击地面，向前移动
时急时缓
时重时轻
仿佛在和地下长眠战友、亲人
倾心交谈——
不向困难低头
不向命运服输

此刻，大地是一张完整的鼓面
而他的拐棍则是鼓槌
无论他把生命，挪向哪里
都会发出铿锵的声音

王文平，曾用笔名阿平。河南省作家协会会员，河南省诗歌学会理事。作品散见报纸杂志，曾获全国诗歌奖。

红 田

河南 / 王文平

沿着百日草盛开的小路
是一方不足 30 平的稻田
稻田里 80 多年来不种稻子
种着 300 多名革命烈士的英魂

郁郁葱葱的草
一个个高声呼喊的手臂
草尖晶莹的露珠
一颗颗坚贞不屈的心

阳光下
草尖舞蹈，露珠闪亮
述说，一个又一个先烈的故事

红田，这方鲜血浸透的热土
生长出的精神
喂养一代又一代人

车过武乡

山西 / 田康

一

车过武乡

我看见

山体的坑洞长出青草

子弹凿的洞

更深、更密、更准

特别是它能凿在崖壁上

凿在一个民族的骨头上

二

进入隧道的时候

听见三八大盖的枪栓哗啦啦

还有鬼子的八嘎和叽里哇啦

我忘记了自己的反应

也许第一感觉是些许恐惧

直到想起自己是在

太行山上

零散烈士墓集中安葬仪式
那些零散的八路军遗骸
终于有了归宿
而许多人的姓名
将永远消失于历史的天空
就像野土被野风
吹得无影无踪

李尚锟，退伍军人，中国诗歌学会会员，先后在省级生活类杂志、中央级财经杂志、电视文艺部门从事采编、策划、创作工作，结业于中国国家画院高研班。出版《中国环境与健康宣传周书画评论合辑》，诗集《咏墨香也种两岸梧桐花》，《时代先锋当代书画名家李尚锟丹青耀中华》邮政纪念册多部作品。

想起战友

北京 / 李尚锟

一晃光阴绿了黄，黄了又绿

一晃岁月已成沧桑

那些走过的山水，村庄

高粱熟了一茬又一茬

八一快到了

曾走过的训练场很难再走上一回

有时在梦中听到晨起军号声

有时梦中见到了战友

很多次在梦中急切问候

亲爱的战友，你现在好吗？

八月的星光

辽宁 / 黄清松

枪响的火光

在八月里破门闪亮

黑夜里的星光再也不那样沉寂

点燃旗帜上的血腥

飘动在风里雨里水里

照亮无栏的家园

倾听天籁那活性的生动

走惯黑夜的追星族

一直在八月的日子里畅想

路边绽放的清香

守护着一片宁静和安宁

清点昨日的风云，为和谐打伞

舒展云飞的倩影，笑看雨滴飞溅

让黎明在夜色里分娩

八月披上唱绿的歌喉

从军营嘹亮声中轻盈地出发
爬上山冈瞭望，为山河写意
升入长空盘旋，为蓝天望风
窜入森林徜徉，为绿色跳动
只见一只只白色的海鸥
衔一朵朵开花的海腥味激情
甩开轻风，与世界的和谐共振

八月的星光里
有一群爱唱歌的纤夫
血脉里泛着波光
撬动地球日行八万里
让中国红，染绿每一个归巢
孵化轻风亲吻每一寸土地
让每一个眼神，悄悄地休息

刘建彬，笔名心文花雨，江西九江市作协诗歌创作委员会常委、九江市作协会员，作品散见《星星》《岁月》《山东侨报》等报刊。

南昌英雄城

江西 / 心文花雨

下一站就是英雄城南昌

请旅客们做好下车的准备

每一次坐火车路过南昌

听到这甜美的声音

冥冥中它就好像一次次召唤

如果此生没有到过南昌

你一定会遗憾

选一个艳阳高照的天气

到八一广场看英雄纪念碑

它就像一把利剑直插云霄

英雄男人的刚性表达得如此快畅

在朱德军官教导团坐一坐聊一聊天

在八一旧址摸一摸那些砖

你都能够听到一声声枪响

那是为胜利燃放的爆竹和五彩烟花

当你走遍南昌城，你会感觉

每一条街都有英雄豪杰的味道

穆桂荣，作品散见《北京文学》《诗刊》《诗潮》等。著有个人诗集《永远的节拍》。

旗帜在前

广东 / 穆桂荣

山林透出第一缕曙光
早有将士站成铮铮铁骨
生命的高度，青春的光芒

旌旗招展，猎猎作响
临风成飘的狂澜，号角劲吹
想当年，打着绑腿的跫音漫山遍野
赤足打天下的人清贫而伟大

他们赞美生命也赞美死亡
走过枪口、墓穴
每一步都流过十足的血
曦光中，如白马
横亘万里，蹄踏风烟

云卷云舒，八月高居千山万水之上
旗帜在前，多少英杰翘首
倾听山河一曲，雄魂激荡

徐士颜,作品散见《呼伦贝尔晚报》《呼伦贝尔日报》《海拉尔少年报》等报刊。作文《我爱家乡》荣获内蒙古中学生作文征文一等奖。

边防线上

内蒙古 / 徐士颜

雄鹰

掠过银色之城

山峦

风侵雪袭

边防线上

一座绿色的雕塑

赤诚守护

巍巍屹立

诗八选一
BA YI
SHIXUAN

浏阳河

山东／艾文章

浏阳河
从历史深处流来
弯过了几道弯
向历史深处流去

这条朴实的河流
自从一位伟人走过后
便有一首问答式的民歌
响彻在中国的上空

多少年后
我聆听这支动听的曲子
仿佛看到一群
手持梭镖的农民队伍
正从上面涉水而过
每一个脚印
都是这支曲子里
最动人的音符

冯干劲，中国诗歌学会会员，江西作家协会会员，江西诗词学会会员，现任景德镇诗词学会副会长、景德镇市作家协会理事，景德镇网络作家协会主席。著有诗集《岁月印痕》等。

八一起义

江西 / 冯干劲

第一枪从这里打响
一直打到旧中国解放
这一枪打出了红军
打出了一个站起来的新中国

记住这一枪
就记住了南昌
记住了江南名城
记住了中国革命史上不朽的篇章

八月一日
你是人民解放军的诞生日
以你命名的军旗永远在南昌
在中华大地上高高飘扬

洪洲,本名赵洪,江西省作协会员,中国散文学会会员,《中国作家》杂志签约作家。作品散见《散文》《美文》《读者》等报刊。十余次获文学征文省级以上等级奖。著有诗集《在釉面上行走》《穿过你的黑发我的笔》。

诗八选一
BA YI
SHIXUAN

最深的根

江西 / 洪洲

悬挂在天上的太阳
也是有根的
告诉我的,是瑞金
红土地上长起的红军碑

那一年漫山遍野的花朵都扎成了圈
一齐向着怒指蓝天的石碑奔去
如今,五月的豆荚
炸裂出一地阳光
谁家的镰刀割断了想象的水
当握住手里的锤子,才发现
其实我们隔得并不遥远

石碑在阳光里站着
像一把最需要时撑开的大伞
支撑太阳
明天,我们的后辈打工走远时

你的目光
会不会慈爱地做些遮挡

刘雅青, 内蒙古作家协会会员, 内蒙古诗词学会秘书长, 呼和浩特诗词学会理事。作品散见《战士文艺》《西北军事文学》《人民武警报》等刊物。出版诗集《风中的云朵》《身后的风景》。

父亲的旧军装

内蒙古 / 刘雅青

不用想象某一个节日

你的身板一直挺直着

颜色如退了潮的沙滩

浅淡、干净、平展

在人群中间

就这个　最扎眼

全家福的正中

能讲出好多故事

救命的骆驼在睡梦中睡去

还有八百里　荒无人烟的草原

不用看两鬓了　不用看满脸的

蝇头小楷　一辈子也就像一粒尘埃

等风停下来

等月亮穿上戎装

这个过程尤其痛苦

还不如投身战火
让硝烟的热度点燃尊严
让拳头更用力地攥着
睡梦中都暗藏杀机　直到
冲锋号撕开狗皮膏药
伤疤才知道疼痛

旧是旧了　却还有立体的骨感
每一寸密集的交织都写着名字
没法告别　旧的被赋予了新的形式
无关乎季节
无关乎生命
慢慢絮叨着年轻时的年轻

多语或无语同样遭人诟病
可总要给力量一些空间
在缝衣针没学会走直线之前
密电码始终是一种
一心一意紧张赶路的针脚
赶着黎明前的那道曙光
终于在领口会合　相对而坐

烧红　两堆一样的熊熊大火

不管什么时候　春天
始终绿着　打着口哨
什么都还一样
只不过鬓白如霜　也许
还不算太晚　还能
在大海的中心　站一班岗

卢绪祥，中国诗歌学会会员。作品散见《黄河诗报》《山东文学》《绿风》等报刊。

今天，我们向祖国致敬

山东 / 卢绪祥

今天，我们向祖国致敬
致以齐刷刷的注目礼
我们的目光钉子一样地钉向天安门前的长安街
我们的步伐矫健，整齐划一
我们英姿飒爽，铿锵有力

我们群情激奋，青春澎湃
我们高喊：为人民服务
我们高喊：祖国，请人民检阅
我们高喊：祖国，让世界见证这一奇迹

70 年前的今天，是中华民族抗战胜利的日子
也是中华儿女用血汗与屈辱浇筑而成的日子
当我们的战鹰组成 70 图案在祖国的蓝天飞驰而过
我们看到了抗战老兵眼光里的倔强与自豪

雄壮威武的军队方阵迈着稳健的步伐向祖国致敬

高端先进的铁甲方队隆隆地向祖国致敬
青春美丽的护士方队热情地向祖国致敬
风驰电掣的战鹰方队矫健而潇洒地向祖国致敬

今天,我们向祖国致敬
向为抗日战争胜利而牺牲的 3500 万同胞致敬
向英勇不屈的中华民族致敬
向伟大的中国人民致敬

包华其，中国煤矿作协会员，《赣西文学》编委、《安源诗刊》副主编，诗歌散见《星星》《青年文学》《中国诗歌》等刊物，著有诗集《纸上故乡》。

红　船

江西 / 包华其

一艘小船，红色格外醒目
荡开南湖浩渺的烟波
历经岁月的沧桑和洗礼
在时光的掌纹和沉淀中，散发着
历久弥新的光芒与力量

十几个来自不同地方的热血青年
把一九二一年七月拧成一股绳
高擎红色理想的旗帜
他们立志捆绑住旧世界
用高贵的信仰和执着的追求
呼喊出穿越时空的强音和宣言

信念和意志的骨骼里，写满了
一个民族的尊严与荣光
在腥风血雨中拨开迷雾
在黑暗与阴霾里审时度势

八一
诗选
BA YI
SHIXUAN

此刻,镰刀与铁锤分明是一盏灯
点亮了黎明前的曙光

舵手,不惧暗礁与险滩
划开波诡云谲的阴霾
在惊涛骇浪的侵袭和阻挠中
摸索前进的道路和方向

嘉兴,南湖,红船……
一串串温暖的词汇
行走在奔涌而又炽热的血脉里
闪闪发亮,为后来人导航

永远的铁道兵

湖南 / 张平安

这是一支英雄的部队
从解放战争到抗美援朝
从冰冷的北国到火热的南疆
始终与共和国铁路一脉相承
他们立下的不朽功绩
永远载入中国人民解放军史册

从 1948 到 1950
铁道兵横空出世
战争打到哪里,铁路就修到哪里
他们用鲜血和生命
筑通了共和国的钢铁路桥
"逢山凿路,遇水架桥"
他们是世界上最坚强的筑路人

1984 年
铁道兵脱下了军装

脱下军装他们还是一个兵

人民不会忘记

共和国不会忘记

他们是中国人民解放军铁道兵

叔苴妹子,本名王小菲,江西省作家协会会员。作品散见《江西日报》《井冈山报》《铁岭日报》等报刊。

喊故乡

江西 / 叔苴妹子

有一个名字,一直卡在我的喉咙
有一座大山,一直压在我的心上
这个名字,被镌刻在一面鲜艳的旗帜上
这座大山,集天地之灵气,日月之精华,英雄辈出
我知道,是这座大山拯救了一支队伍,也养育了我
我便秉承了这座大山至真至纯的性情

我深爱着这座大山,如同深爱着我的父亲
我深爱着中国的方块字,如同深爱大山里的一草一木
可我从未为这座大山写过一个字,表达内心的爱
今天,我要在鹧鸪声声的谷雨时节
在岭上开遍了映山红的四月
亮开嗓子,喊出这座大山的名字——井冈山
并让这个名字,在我的舌尖不停地奔跑

井冈山,我的故乡!
你是一幅雄奇的画卷

你绵延百里，松涛阵阵，白云悠悠

神奇的五指峰，漫山遍野的映山红

像燃烧的火焰，那是井冈山人沸腾的热血

井冈山，我的故乡！

你是一部壮丽的史诗

浩瀚的林海，是你精致的封面

飞流直下的龙潭瀑布，是你心中奔腾的骏马

修长挺拔，砍不尽，折不断的翠竹，是你的风骨

朱德的扁担，红军的草鞋，八角楼的灯光

黄洋界的炮声，是你最生动的注脚

赤子之心，井冈山精神，是你永恒的主题

也是这个时代不能缺失的钙质

井冈山，我的故乡！

你是一座不朽的丰碑

你将镰刀与斧头举过头顶，让一支受挫的军队

在此得到喘息，重整旗鼓，你托起的不仅仅是一粒

革命的火种，更是一轮冉冉升起的太阳

你是缔造中国人民军队的摇篮

小小的火种，早已点亮黑暗世界的满天星光

井冈山,生我养我的红土地啊

我忘不了你的红米饭,南瓜汤

忘不了映山红酸酸甜甜的味道

忘不了那些耳熟能详的红色歌谣

更忘不了亲人对我的深切牵挂与期盼

井冈山,我魂牵梦绕的故乡啊

今天,我终于大声喊出你的名字

请和我一起大声呼唤吧,帮助那些

忘记黄洋界的炮声,迷失在异乡的井冈山人

唤起儿时美好的记忆,找到回家的路

钟洋,赣西文学部落成员,《安源诗刊》编委、《赣西文学》编委。作品散见《北京诗人》《峡江潮》《诗江西》等刊物。

草林圩场

江西 / 钟洋

吹了八十八年

火！红色的火焰

日夜

迎风摇曳

——草林的草

——草林的林

越烧越旺,嫩绿,黛黑

五峰奇秀的山窝窝

喂养着一串跳舞的,流动的,鲜血之火

请记住:东经 114° 23′,北纬 26° 15′

请记住:1928 年,毛主席抽的那支香烟

记住草林的草,记住草林的林

记住那个女孩的名字

还有她奔流不息金光闪闪的故事

吴晓波，南京市作家协会会员，作品散见于《青春》《辽宁青年》《泰州新诗》等刊物。在全国征文赛获奖十余次。

八一枪声

江苏 / 吴晓波

每年的八月

我都要走进你，靠近你

感受你那熔浆般炙热的火焰

看历史的风云变幻

听怒如海潮的呐喊

那一双双紧攥的拳头

一双双怒睁的双眼

一团团燃烧的怒火

汇成八一的枪声

划破乌云笼罩的黑暗

哪里有压迫，哪里就有反抗

你追逐真理

紧握正义的枪

向往着光明

用流血和牺牲

让人民当家做了主人

梁文权,河南省作协会员,在国内外数百家报刊发表作品若干,出版诗集《垂钓》。

笔的枪,诗的子弹

河南 / 梁文权

一粒词站起来了
一首诗站起来了
一个人站起来了
一群人站起来了

笔的枪,诗的子弹
投向黑暗
投向敌人的胸膛
觉醒的人们站起来了

越来越多的人们
相信
南京大屠杀
只是一块血的记事碑

越来越多的人
信誓旦旦

中华民族
是一股不可战胜的力量

弃文从戎
或者,执笔在手
打倒一切
日寇,以及任何来犯之敌

傅明江，中国音乐家协会江西分会会员、江西歌词研究会会员。作品散见于《中央人民广播电台》《解放军歌曲》《人民武警报》等。

一个士兵的遗言

江西 / 傅明江

我没有电影里，缴纳

最后一次党费的境界

上战场只带了一条命

钱和亲人都放在最安全的地方

战争产生了士兵

士兵死于战争

生得伟大

是因为死得光荣

请把军用水壶和我一起掩埋

路上搂着乡亲们 62 度的壮行

没抽完的半截烟插在坟头

那是我的下半生

孟夏，本名杨协亮，广东省作家协会理事、揭阳市作家协会常务副主席。作品散见《诗选刊》《诗潮》《中国诗歌》等刊物，《关雎爱情诗》刊 2014 年度青年诗人奖获得者。著有诗集 3 册、诗歌合集 1 册。

一双草鞋

广东 / 孟夏

从人迹罕至的地方出发

磨破的草鞋

风餐露宿　风雨兼程

把五岭逶迤、金沙水拍扔在身后

把雪山草地扔在身后

把两万五千里扔在身后

向前走　一步一步

走出一个民族的灵魂

走出一种不灭的精神

走出一段叫作长征的岁月

一步一步

走进丰收的金秋十月　且成为其中

最珍贵的果实

隔着 80 年的光阴

我用目光一遍遍抚摸博物馆里的草鞋

尺寸很短

但长得过二万五千里
分量很轻
但踏过大地的回响
深刻地烙印在心灵深处

李晓波,中国煤矿作家协会会员,广安市作家协会会员。作品散见《阳光》《工人日报》《中国煤炭报》等报刊。

雪山之巅

四川 / 李晓波

深一脚　浅一脚　上一步　退半步

一支衣衫褴褛的队伍在我的视界里缓缓

翻过雪山之巅

有多少人脚上的冻疮被冰凌刮出血口子

有多少人力竭心衰倒在雪地里,我不知道

在我的地名学里,这里是一座永闪金辉的圣山

遍地的荆棘,遍地的狼烟,遍地的明枪和暗箭

一步,有一步的凶险

一步,有一步的艰难

饿了,吃一把雪

渴了,饮一口雪

累了,抓一把雪擦擦脸

雪,与一种叫马克思主义的精神产生化学反应

裂变出无限能量

1935 年,暗无天日的旧中国

诗选
八一
BA YI
SHIXUAN

只要你朝着雪山的方向仰头
就会看到一颗颗红星的反光
刺破阴霾　穿透黑暗　点亮历史

西北望,本名谭长海,退役军人,作品散见《解放军文艺》《百花园》《星星》《解放军报》《西北军事文学》等报刊。

怀念一支步枪

四川 / 西北望

那支步枪
到我手里时,已老态龙钟
据说在那场南方战事中
曾立下赫赫战功,虽然
友谊的光环早已磁化了
呛人的硝烟,但它沉默的身影
还时常在我梦中
绽放血光点点
或许是感念我的虔诚
第一次实弹射击
就像一只成精的老狐
牵着我,五发五中
将靶心啃成一个不规则的洞
那些天,班长的眼神像刀子
在我脸上削来削去
让我心虚不已

与它同时退居二线的另一支步枪

被我一个抡惯了铁锤的老乡

在练习肩枪时，一巴掌劈成两截

枪是军人的生命啊，一群新兵面无血色

这一次意外，像一棵树

从此在我心里扎下了根

我们开始像兄弟，形影不离

受挫时，它用坚硬把我的眼泪打回原形

得意时，它拿冰冷为我去躁退热

当我对它的构造充满好奇，它就坦然地

打开身体，让我反复拆卸，用肢体向我

传授一个优秀军人的秘诀

枪刺是信仰的光芒

一鸣惊人是撞针的理想

保险恪守谨言慎行

准星的誓言就是

——左手推拒战争，右手挽住和平

离开部队十余年了，我依旧

习惯于抬头挺胸收腹，行走如风

目光始终向前

面对女儿探询的目光
我悄悄告诉她
爸爸身体里长着一支步枪
宁折不弯

八一起义纪念馆（外一首）

江西 / 洪老墨

这是一段血染子夜写就的历史
这是一册页码不多却很有分量的教科书
这里有太多的脚印
分不清哪些是当年革命先辈的足迹
哪些是当今瞻仰的脚步

中国革命第一枪在这里打响
这枪炮声如滚滚春雷，掀起大革命高潮
军旗，开始从这里升起

九十年过去了，无论岁月怎么飘逝
侧耳凝听，仍有当年枪炮声
和工农革命呐喊声交汇在一起的和声

当年的硝烟，现在已化作片片云雨
把祖国的万里江山
浇灌得无比艳丽、葱绿和繁花似锦

今天，人们已经把这子夜的枪炮声
原汁原味地写进书本中
陈列在纪念馆里
鲜活地再现了当年反白色恐怖的悲壮

从此，故事在阳光里散发光辉
从此，故事在雨丝里滋润大地
从此，一个永恒的主题
铭刻在中华民族的心坎里

八一起义纪念馆本是当年的一家旅社
她却永远把这段历史诉说
一代又一代人赶来这里
谨听打响武装起义第一枪的岁月回声

人们，已从这里认识了一个高度
寻找到了一种悟性

红军的草鞋

脱尽米粒的稻草
不知最先经过谁的手，拧成绳

打成结,团结成一种生动的教材
阐述着一个颠扑不灭的哲理

一群穿着草鞋的穷人队伍
曾经吃着树皮、草根、皮带
一走就是二万五千里
北上抗日,草地、沼泽、雪山、莽林
用鲜血染红的双脚写满

对真理的追求,对光明的探索
从未动摇过
既然选定了道路
就意气风发地走下去
顽石路障,险关危崖,都被抛在身后
用红色革命的文字
写成一部震天动地的厚厚史书

红军的草鞋,同小米加步枪一样
共同谱写了中国的历史
也一起成为了一种信仰与真理的证明

铭记你,其实也就是铭记
支撑一个伟大民族崛起的历史

雁飞,作品散见《诗刊》《星星》《绿风》等刊物,出版诗集《黑或者白》等三部。

人武之夜

江西 / 雁飞

月亮,更像是一只张大的耳朵

在谛听

磨刀霍霍的声音

可能,就是这样

被听了出来

这些石头、这些掷地的声音

可能,就是这样

将刀　养在

锋利之中

举目环顾,大家已经心照不宣

敌人是谁

并不重要

重要的是,必须这样

磨刀霍霍

磨刀霍霍

不曾料想

这些被牙齿死死咬住的声音

一经被听出

竟然，比这月光还要浩大

纪念碑

江西 / 徐良平

老人们讲完那个故事
跷起了大拇指
城市　从此有了
伟岸的纪念碑

当老人们自己也成了故事
纪念碑便成了风景
世纪风来来去去
很潇洒也很随意

枪声不再击碎酣梦
硝烟化作洁白的轻盈
鸽哨引发的呢喃情语
成了纪念碑下美丽的主题

纪念碑
历史跷起了大拇指
纪念碑
血与火故事的结尾

建军雕塑广场

江西 / 潘雪明

魂魄归来兮
旧式军制服已褪去颜色
古铜色,是历史沉重的积淀
飘拂的红领巾,是赣江上千年凝结的风

九十五张鲜活的面孔
九十五种不同的姿势
何止是年轻与勇敢
对光明的向往
亘古不变,屹立不倒

他们在艺术家的手下复活
眼前是一座陌生的城
心脏何须搏动,他们的脚已紧连着这块熟悉的土地
乡音萦回,灯火不息
点亮他们欣慰的眼

怀着比生命还重要的信仰
向黑暗开出了第一枪
我深情地看着他们时
总在想
他们一定想大声欢呼,鸣枪庆祝
只是繁华太浓,光阴太老
他们再也无力,再也不想
扣动手中的扳机

中国历史

黑龙江 / 云中子

1

我不愿看那种页码
那种充满辛酸和愤怒的页码
一个个高高在上的头颅低垂
面对通过枪炮破门而入的强盗
把中国　当作酒一样
举办酒会

我不愿看那种微笑
那种哭泣中的微笑
让强盗们多么的欢欣
英国人法国人美国人
凡不是中国人都
可以手执刀叉成为贵宾
大快朵颐

那是多么寒冷的季节呵
多么漫长而丰盛的宴会啊

被后人称作逆贼的先生们

怎样的献出人民的鱼肉

满足着禽兽们的食欲

他们的目光被黑烟所掩盖

从 1840 到 1949　一百零九年

从心中长出的刀矛

一次次被削去光芒

完不成结束宴会的命令

而人民是草芥　是羊

只是努力地吃草

勤奋的献出贞节　血肉

我不愿看那种页码

那种页码看了

让人不知道什么才是人的生活

2

我愿看那些章节

那些看了就让人热血沸腾的章节

一群穿着草鞋打着绑腿

肚里装着草根和祖国

恶劣的天气下

怎样地　走出了那片集中了中国

全部苦难的草地

凭借海拔不足 1 米 7 的身躯

怎样的就翻越了

那座连雄鹰也不肯飞越的五千米的雪山

那情节确实壮观

连洋人也不得不说

将来　星星之火烧红中国的

一定是他们

使中国黑白眼仁比例失调的

一定是他们

这支贫穷却拥有了全部骨头的军队

我愿意翻阅这些章节

这些让强盗丧失体温的章节

看了让人懂得

世界上没有什么能够摧毁我们

地震　干旱　洪水

让人晓得　五星红旗

真是我们　牢固的家

彭建国,湖南省作家协会会员,有百余首诗歌作品在国家级、省级报刊发表,获奖多次。著有诗集《向大地鞠躬》。

八月随想

湖南 / 彭建国

一九二七年八月

南昌城里的那一声枪响

刺破被黑暗包围的土地

改变了中国的命运

八十多年过去了

当我们翻开历史

当我们心情激动地

站在温暖的阳光下深情仰望

国旗上升的高度

那划破长空的枪声

依稀在心的上空　久久回荡

革命的道路被雪山和草地

铺成一条血脉

流淌在中国的版图上

一队戴着八角帽的军队

踏过厚重的积雪

涉过长满水草的沼泽
以一种精神和意志
抵达太阳升起的地方

八月一日
这是一个特殊的日子
它创造了一种不倒的精神
也代表了一种命运
在阳光驱赶乌云的日子
它如同一面镜子
折射出历史的波澜壮阔

八月一日
走过了硝烟弥漫的岁月
经过血的洗礼
今天　如同一段标识
永远昭示着我们
生活的和平与宁静
明天的灿烂和美丽

陈建正，江苏省作家协会会员。作品散见《诗刊》《星星》《芒种》等刊物。曾获《诗刊》《星星》《绿风》等各类奖项十多次。

老 兵

江苏 / 陈建正

他们穿军服、戴军帽

胸别军功章　脚步稳健

八人一字排开

朝我们立正　敬礼

虽然爬满了皱纹

白发已沧桑

表情还是那么严肃

他们始终　像军人一样站立

笔挺的腰身　像大树

杀敌的威猛

历历再现

他们齐声唱起

解放军军歌

还是那么铿锵　有力

满怀豪情

热血沸腾

我们全场起立

一轮朝阳

满载胜利的辉煌

从东方　升起

朱仁凤，笔名淡水，江西省作家协会会员、南昌市作家协会理事、南昌市诗歌学会理事。《八一诗选》执行主编，《中国新诗精选300首》编辑。《当代诗人》编委。曾任《新锐诗刊》编辑部主任。著有长篇小说《双凤朝阳》，作品散见《诗刊》《星星》《诗选刊》等期刊，在全国诗赛获奖若干。

长征、长征(外一首)

江西 / 朱仁凤

走，无路可走

冰山雪地也要走出一条路

1934年冬夜，从于都河八个渡口

走出一支衣衫破旧

脚穿草鞋的穷人队伍

军民合力万众一心，搭浮桥摆渡船

在以退为进的战略大转移方针路线下

躲开敌人围剿歼灭，步步为营

气势汹汹的猛烈炮火

八万六千工农红军战士，泪别父老乡亲

背上钢枪、大刀和干粮，夜渡于都河

踏上了天苍苍地茫茫的远征路

千难万险从脚下开始，从此

一支靠星火之光指引革命道路的队伍

一群缺吃短衣，吃野菜嚼草根啃树皮的人

一群风餐露宿饿着肚子

也要走出一条真理道路的人

一群血肉之躯却铁骨铮铮的人

一群背井离乡心系家乡父母的人

一群时刻准备死去,让千千万万人民活着的人

开始了艰难险阻,向死而生

漫长而未知的,壮烈行程

前路茫茫,他们走

穷山恶水也要走出一条路

这支为穷人谋解放的革命队伍

他们在尾追而来的枪炮声中

在死亡面前,选择一路向前——

挺进湘西,冲破四道封锁线

渡乌江夺取遵义,四渡赤水河

打乱敌人围剿计划,巧渡金沙江

跳出敌人包围圈,强渡大渡河,飞夺泸定桥

路,越走越远

战士,越走越少

轰炸声,枪炮声越来越猛烈

他们在炮火中杀开血路,一路向前

翻雪山,过草地,到达陕北——

红军三大主力胜利会师

一支披蓑衣戴斗笠穿草鞋，坚定信仰的

革命队伍，他们翻山越岭

一路粉碎敌人的围追堵截

用两年时间，在敌人穷追猛打的炮火中

跋山涉水，走泥潭，过沼泽一路走来

饥寒交迫，风雨兼程一路走来

走出人类的光辉历程

走出一个国家和民族的命运

走出一条弯弯长长，人类历史上最长的路

一条由无产阶级走出来的路

一条由光辉思想指引的路

一条由千千万万双草鞋踏出来的路

一条远征路，一条出现在世界东方的路

一条本没有路的路，被一群无路可走的人

走成了一条光明道路

他们走到哪里，红旗就插到哪里

一个人倒下，更多的人接过钢枪

他们高举红旗，插遍祖国的山山水水

从此，一杆旗杆代表一个民族的脊梁

一面红旗，代表一个民族的颜色

从此祖国大地，红旗飘飘

伟人：毛泽东

——他是人民的大救星，他是东方的红太阳，他叫——毛泽东。

从韶山冲走出来的，农民的儿子

一个天降大任，播种思想

将改变中国，改变人民命运的人

从韶山冲走来，走向了寻求真理

寻求解放中国解放人民的革命道路

他走出湘潭，走向革命，走进了井冈山

他，一个农民的儿子

一个高举旗帜，相信枪杆子里面出政权

以星星之火可以燎原，指引革命道路的人

他走过草地，走过雪山，走过了二万五千里长征

走进了全国老百姓心里

一个带领人民翻身闹革命，敢改天换地

让穷人翻身做主人的人

走出了五次围剿，三大战役

走出从农村包围城市的道路

一个注定要扭转乾坤，改变历史

主巍巍中华江山沉浮的人

走进延安，走向全国

走向驱赶倭寇，抗日救国的道路

走进了敌人的心脏

一个发表《对日战争宣言》，发动全民抗日

捍卫祖国捍卫尊严，誓死不做亡国奴

视一切帝国主义为纸老虎的人

走到前线，走进战场

走向誓杀倭寇，解放全中国的道路

一个让对手仇恨又让对手敬畏，让侵略者

不得不降落侵略的旗帜，双手奉上投降书的人

走遍了全国，走进了北京

走上了天安门城楼

用他那口浓重的湘潭话向人民高呼：人民万岁

一个举起镰刀、斧头，让人民当家做主

用小米加步枪赶跑侵略者，解放全中国的人

走上举世瞩目的北京天安门城楼

一次一次向人民挥起了大手，向人民高呼：人民万岁

这就是你，一个地道农民的儿子

一个从湖南走上井冈山建立革命摇篮的人

一个把亲人一个个送上战场保家卫国的人

一个失去兄弟，痛失骄杨，被敌人剁去骨肉的人

一个失去儿子的父亲

一个被穷人称为大救星，让人民发自内心高呼万岁的人

一个被世界人民称为东方红太阳的人

一个光芒万丈的人

一个敢与秦皇汉武比风流，敢与天公试比高的人

一个走了让青山失色，让江河呜咽

让中国哭泣，让联合国降下半旗的人

一个百年，千年，万年后还让人念念不忘的人——

毛——泽——东

旧|体|诗|词

JIUTI SHICI

彭二奖,威海诗词楹联学会会员,中华诗词学会会员,中国楹联学会会员,威海市环翠区作协会员。

八一赞

江苏 / 彭二奖

八月狂飙挟疾雷,锤镰波涌诞雄师。

饮霜浴血驱倭寇,斩棘披荆猎虎罴。

弹雨枪林伸正义,神州异域写传奇。

今朝儿女承先志,浩浩军魂耀大旗。

倪贤秀，获《河南日报》"中国梦·法治情"主题文学作品征文特别奖；书香中国·多彩贵州"读书"征文一等奖；怀宁"蓝莓有约"微家书征文一等奖；中宣部"书写核心价值 送您平安吉祥"新春诗词歌赋征集二等奖等奖项。

诗八选一
BA YI
SHIXUAN

忆平型关抗战烈士

湖北 / 倪贤秀

尝思九曲凌波去，秀美山川极目收。

叠翠重苍生古树，诗词歌赋诵离愁。

风烟缥缈怀云水，夕照娇娆送晚秋。

永忆英雄开盛世，从兹别后海天游。

丁运时，作品散见《中国青年报》《中华读书报》《光明日报》《工人日报》等报刊，曾获曹禺杯诗歌大赛格律诗类一等奖；济南"我与 12345 的故事"征文一等奖；《南京日报》"我眼中的青奥"征文一等奖等奖项。

怀抗日山烈士

湖北 / 丁运时

神州未失擎天柱，冷落山河亘古邦。

抗日英雄诚不病，拒倭烈士正无双。

溯风千里回英旅，浴血五年向战场。

且步残秋萧瑟里，一生何处酹山堂。

刘成宝，笔名幽兰飘香，诗词散见报刊，偶有获奖，目前系市诗协理事。

诗八选一

BA YI
SHIXUAN

满江红·八一节

江苏 / 刘成宝

碧海汹潮，拍远岸、惊涛卷雪。礁石薄，万军千马，一时风烈。倭寇觊觎鱼岛地，菲佣算计黄岩月。剑出鞘，莫负国人心，民悲切。

思国耻，何时灭？长枪握，钢刀折，大中华，多少伟男豪杰！怒踏东瀛扬国魄，笑谈异类挥刀血。壮山河，遥看战旗飘，谁超越？

裴国华，云南省作协会员，云南省诗词学会会员，《呈贡诗词》主编。作品散见《中国文化报》《作家报》《中华文学》等刊物，获市、省、国家级奖 30 余次。

八一抒怀

云南 / 裴国华

八一起义挽狂澜，斗豹除狼闯险滩。

漫漫长征行万里，熊熊烈焰毁三山。

军威雄壮人人颂，传统优良代代传。

时代乐章兵将谱，英雄事迹动人寰。

诗八选一
BA YI
SHIXUAN

魏来，笔名乱世无疆，中国诗词协会会员，中国文学联合协会会员。作品散见《当代诗人作品精选》《中国诗歌大观》《文学纵横》等书刊杂志。2014年被评为《当代校园文艺》年度诗星。

献给"8·12"消防队员

浙江 / 魏来

祸降塘沽举世忧，官兵救险护神州。

熊熊烈火心无惧，滚滚浓烟勇未踌。

此地英雄身纵殒，从今壮士志长留。

中华史册增辉彩，凛凛犹如纪信侯！

采桑子·于都长征第一渡

江西 / 袁瑱博

红军渡口丰碑铸，赤烈河山。血浴河山，战士长征几位还？

江滔万里波翻影，情溢堤栏。胜景堤栏，永照丹心就此安。

谨以此词纪念我爷爷及其一起牺牲的红军战士无名英雄们！

解读苏宁

新疆 / 清雪韵竹

逸仙学子卧书谈，言论英模暗自惭。

数载基层思国重，一生行伍献军坛。

前人沥血科研起，后辈虔诚学术参。

代代青年忧社稷，莫愁大任少人担。

汪业盛，解放军某部军官，中华诗词学会会员，解放军红叶诗社会员，中国诗词研究院名誉理事，呼伦贝尔诗词协会副主席。

三沙吟

内蒙古 / 汪业盛

华夏宣威南海上，三沙建市五星扬；
我闻此讯心欢喜，一梦倏然到石塘。

万里石塘知盛辱，千秋碧水鉴兴亡；
今朝幸甚逢明世，浪稳舟轻国运强。

悠悠云影曳天光，岛树蕉花分外香；
螺管声声吹浩渺，椰风阵阵拂清凉。

懒龟慵睡金沙毯，顽鸟嬉戏白玉床；
赤脚追涛油画里，童心拾贝古诗旁。

海边谁晾银丝网，闲挂藻泥岁月长；
小径寻幽山谷下，几丛灌木隐藩墙。

有人篱畔务农作，虬指苍苍黑脸庞；
惊喜扔锄闻客至，炊烟袅袅拉家常。

世代渔生居水上，向天遥指是吾乡；
当年涨海风波恶，鼠窃狐偷不胜防。

都道今天庆永兴，不知何日撵豺狼？
沙洲铁峙人还土，先祖坟头上炷香。

听罢此言心怅惘，别时冷月满衣裳；

心潮澎湃海潮起，火热天风忽转凉。
心事重重迷所向，何人询令振山冈；
遥瞻峰顶塔楼耸，月下巍巍一杆枪。
身份辨清迎进房，军官娓娓道南洋；
回身先祝三沙立，转首神情顿激昂。
责任在肩何敢忘，向天遥指是吾疆；
科技兴训军魂铸，寸土不教手中亡。
声声霹雳耳膜响，字字惊雷胆气张；
梦醒长空归来晚，泪如潮涌血如汤。
渔人月下思桑梓，战士碑前话汉唐；
尚缺金瓯须努力，还余使命要担当。
我亦军中七尺郎，岂无腹底一分钢；
苦心常虑宁波计，精骨能敲破阵章。
何日请缨提锐旅，骑鲸蹈海渡汪洋；
长刀尽雪百年耻，神剑复开万里疆。

王孝峰，安徽省作家协会会员、安徽省中小企业特邀理事、桐城市诗词学会副会长。

八声甘州·纪念建军九十周年

安徽 / 王孝峰

听南昌"八一"炮声鸣，应雷震天庭。忆星星烽火，燎原尽炽，黎庶陈兵。压迫农奴共赴，杀敌勇纵横。嘶马鞭棱指，扬我威名。

九曲黄河歌韵，望大川历历，寰宇称朋。仰英雄仪貌，思义举红缨。看三军、吴钩锋利，社稷祥、谁敢觊觎营？东方剑、空悬魔顶，固俺长城！

欧阳银坤,鲲鹏书画苑苑长、古风辞赋文化苑苑长。贵州省书法家、美术家、作家协会会员。文学、书法、美术作品曾多次荣获政府文艺奖,诗歌入围中国当代诗歌奖(2011—2012)等。多家电视台对个人进行人物专访,作品散见《人民代表报》《中华辞赋》《北方文学》等。作品入选"十二五"国家重点图书。有多篇辞赋作品被政府、学校、事业单位等刊石立碑宣传。

建国礼赞赋

贵州 / 欧阳银坤

国旗猎猎,迎风飘飘。历史变迁,奇幻莫测;斗转星移,朝代更迭。华夏承传近代,炎黄天道式微。无能晚清,列强入侵欲亡家国,谁救四亿苦海之苍生;腐朽民国,军阀混战相煎太急,谁挽千年倒悬之古国。铁锤镰刀,席卷阴霾,砸碎封建殖民旧枷锁,雄狮崛起;工农联盟,驱晦启明,构建和谐民主新社会,奇耻昭雪。

国旗猎猎,迎风飘飘。建国路上,遍布荆棘。十月革命,初现曙光;五四运动,唤醒巨龙。沪上"一大",举马列航标,挽倾覆之社稷,开天辟地;南湖红船,取苏维火种,拯危难之家国,力挽狂澜。子夜枪响于南昌,武装斗争开先河;秋收起义于湘赣,工农军队谱新篇。奔赴井冈山,赤旗猎猎,开创革命根据地;农村包围城市,求真务实,探寻战略总线路。娄山战役,英勇鏖战,开长征之首捷,奠定必胜基础;遵义会议,历史转折,救革命于危亡,确立伟人地位。四渡赤水河,神出鬼没用奇兵,摆脱敌人之围剿;巧渡金沙江,妙笔生花出神计,牵制强寇之兵力。过人迹罕至之草地,惊心动魄,气冲兮霄汉;爬荒无人烟之雪域,回肠荡气,震撼兮洪荒。历尽千辛万苦,闯出人间正道，星星之火燎原于中国；涉过千难万险，到达圣地延安，点点之光照耀于九州。万里长征，动天感地；长征精神，流芳万世！

国旗猎猎，迎风飘飘。建国路上，历尽沧桑。"七七事变"，日寇挑衅于卢沟桥，亡我野心昭然于世；瓦窑堡会，情牵国难解天下忧，力主抗日战线统一。奋起救国，华夏儿女同仇敌忾，全民欢兮平型关大捷；矢志报国，爱国将士浴血奋战，举国庆兮台儿庄战役；游击战争，开辟敌后战场，灭兽寇于众志成城，使魑魅不寒而栗；百团大战，发动正面交锋，歼倭顽于排山倒海，让魍魉胆战心惊；正义铲除邪恶，天经地义，蚍蜉撼树倭寇自不量力；人民剿灭强盗，应天顺势，维护世界和平义不容辞。

国旗猎猎，迎风飘飘。建国路上，饱经风霜。抗战胜利，本应河清海晏，让民安享太平；独裁施逆，蓄谋内战挑起，陷民水深火热。天怒民怨，一致反战。救民为国，子弟兵疾风劲雨，击溃反动精锐；三大战役，解放军狂飙暴雨，消灭独裁劲旅。得道多助，失道寡助。蒋家王朝谢幕，中华民族新生。

国旗猎猎，迎风飘飘。安邦兴国，直追奋起。旧社会覆灭，百废待兴；新中国成立，万象更新；探索路上，尽阅风雪；发展途中，堪称曲折。高瞻远瞩，两弹震慑苏美，跨入军事先进行列，威震八极；科技强国，嫦娥成功登月，跨进科技高端领域，扬我国威。

　　国旗猎猎,迎风飘飘。东方崛起,自强不息。小平设计,外开放而内改革,华夏盛世开启。"一国两制",香港归而澳门回,百年奇耻昭雪;奥运成功举办,盛况空前,展中国精神;世博百年圆梦,前所未有,呈东方文明。神舟系列,飞太空而探奥秘,振兴中国;天宫一号,建空间而续发展,复兴华夏。

　　国旗猎猎,迎风飘飘。建党近世纪,中华改天换地;建国越甲子,华夏今非昔比。壮哉!炎黄子孙矢志不渝,振兴中国;雄哉!华夏儿女励精图治,开创伟业!

纪念抗日战争胜利 70 周年感怀

江西 / 黄秀仁

穷兵黩武日倭寇，往昔侵华罪孽深。

血雨腥风烽火漫，悲声惨状怨民呻。

横戈抗日有先烈，歼敌护疆捐义身。

牢记前朝伤痛耻，追思纪念慰英魂。

卢沟桥炮声

江西 / 张东继

卢沟桥上炮声狂，顷刻平津变战场。

滚滚硝烟弥大地，皇皇国土映残阳。

鸡飞狗跳无宁日，家破人亡失故乡。

同仇敌忾齐奋起，咬牙切齿赶豺狼。

游凤凰垴抗日旧地

江西 / 李桥辉

凤凰垴上话沧桑，耳际犹闻号令昂。

小小东洋行大罪，泱泱华夏受灾殃。

凝心聚力驱魔鬼，恐后争先斩虎狼。

今日倭国还作浪，爱岗敬业更图强。

一剪梅·拍蝇记

江西 / 朱颂东

六月今年火更烘。日处蒸笼,夜处蒸笼。东窗事发拍蝇凶。卧看庭空,心事重重。

昔日乌纱一顶红。辛苦民工,钱入囊中。官场交易梦瑶宫。不再神通,我坐春风。

范裕基，中华诗词学会会员，《东崂诗词》副主编。

纪念朱德元帅

青岛／范裕基

南昌首义举刀枪，唤醒工农有武装。

立足井冈烽火疾，弯弓太岳帅旗扬。

八年抗日平倭寇，百战定都驱列强。

唯大英雄能本色，后贤治国要思量。

杨超然,中华诗词学会会员,洛阳市作家协会会员。作品散见《河南日报》《山西文学》《百花园·中外读点》等报刊,部分作品被《小小说选刊》《微型小说选刊》《读者·乡土人文版》等刊物选用。获奖若干。

八一
诗选
BA YI
SHIXUAN

八一起义九十年感怀

河南 / 杨超然

遥望南昌忆旧年,赣江秋水卷狂澜。

枪声震碎黄粱梦,赤帜烧红不夜天。

劲旅雄师增浩气,中流砥柱固边关。

重重妖雾休遮目,铁壁铜墙一撼难!

八一魂

河北 / 穆静波

旧岁残枪米，军民灭敌亡。

今昔魂傲世，震贼撼边疆。

风夜战孤城（纪念王铭章将军）

河南 / 高丙彦

黑夜寒风起，倭贼暗遣兵。

将军鏖战死，白骨没孤城。

注：王铭章，国民革命军第 41 军代军长，122 师师长，1938 年 3 月 15 日，率部在滕县与日军激战四昼夜，数千将士，损失殆尽，却无一被俘，王将军也壮烈牺牲，为台儿庄大捷赢得了宝贵时间。

破阵子

广州 / 李镕铮

　　志气如虹胆壮，军旗猎猎连营。青史军魂多伟烈，
民族脊梁尽国英。光荣子弟兵。

　　洗雪百年耻辱，重光古国文明。雄壮军容今最盛，
伟大长城铁铸成。钢肩卫国承。

沁园春·观看《抗战 70 周年纪念活动》纪录片有感

江西 / 闵元元

　　紫气金秋,国运昌隆,大礼炮鸣。况铁军雄壮,英姿飒爽,威仪齐整,纪律严明。彩帜飘扬,神鹰飞舞,白鸽红球庆太平。人民忆,喜平型关胜,倭寇心惊。

　　中原逐鹿孤行,恶鬼响南京屠杀声。又毁家放火,奸民犯罪,拜神施坏,占岛夸荣。篡改图书,不知悔过,妄想重来害众生。思人杰,率貔貅十万,歼寇扬旌。

南昌起义

吉林 / 王连阁

势若钱塘潮水急，狂涛波撼五湖西。

秋风入夜菊开早，留取罗霄一杆旗。

温伟明，宁都诗词楹联学会常务副会长兼秘书长，赣南诗词楹联学会会员，江西省诗词学会会员，香港诗词学会会员，世界汉诗协会会员。《咏新元》在由中宣部宣教局、光明日报社、中国网络电视台联合举办的"书写核心价值　送您平安吉祥"新春诗词歌赋征集中荣获二等奖。

八一抒怀

江西／温伟明

首义洪都建铁军，红旗擎起壮民魂。

雄鹰展翅云霞舞，猛虎巡山日月奔。

斩棘披荆驱魍魉，开天辟地定乾坤。

长城永筑兴华夏，畅饮黄龙万象春。

井冈山游踪

河南 / 吴海晶

百里苍山竹海洋，弹坑累累恋垣墙。

梭镖火铳斑痕满，红米南瓜饭菜香。

八角楼灯接北斗，黄洋界炮固金汤。

茨坪雕像十七座，犹似当年意气扬。

刘仲举,遵义市作协会员、湄潭县民协理事、湄潭县诗词协会会员。作品散见《遵义日报》《贵州工人报》《诗刊》等报纸杂志,有作品编入当地培训读物、教材。

八一南昌起义

贵州 / 刘仲举

神州大地炮声隆,雾涌云翻鬼逞凶。

武汉刀寒劈壮士,南京浪恶戮英雄。

古城怒焰惊狼虎,暗夜高声颤孽龙。

赣水长将铁骨颂,红星闪闪耀长空。

观九·三大阅兵感赋

江西 / 戴庆生

忽忆当年不夜天，受降席上凯歌传。

战旗浸透英雄血，赢得神州皓月圆。

吴晓华，1992 年在江西电视台"七彩虹"节目播出处女诗作《麦花开在头颅上》，作品散见《长江日报》《光华时报》《九江日报》等刊物。多次获全国性文学大赛奖项。

八一南昌起义纪念塔

江西 / 吴晓华

英雄举义紧相随，九十年来看此碑。

赣水驰霞追壮志，船山戴月则威仪。

如参北斗重楼拱，似顶中天一日持。

多少人间名利主，肯从血热解民危。

周同顺，天津市作家协会会员，中华诗词学会会员。现任天津海韵诗社副秘书长。作品散见《中华诗词》《天津党建》《西岸风》等刊物。著有诗集《通明诗稿》。

庆八一

天津 / 周同顺

忠心赤胆铸军魂，报效国家热血喷。

导弹蓄发安百姓，枕戈待旦护龙根。

踏平诸海千重浪，捍卫边防独守门。

钢铁长城由党建，红旗猎展扭乾坤。

长 征

浙江 / 柴世德

万里长征万里长，史诗奇迹破天荒。

崇山洒落英雄血，皓月携来儿女装。

冷雨泥涂云滚滚，寒风雪海路茫茫。

艰难险阻寻常事，凿透霄元引曙光。

八一起义

山东／岳峰

汉筑豫章鄱阳畔，三江五湖襟带连。

滕王阁序初唐盛，百花洲头晚清残。

千载古城风云起，一声枪响红军先。

抛颅洒血大无畏，誓取丹心换新天。

江城子·山里老兵

湖南 / 喻志强

老夫趁景赶农忙。日窥窗，铁犁扛。赤脚梯田，鞭甩响丘岗。幼稚孙儿抬酒上，三两盏，暖心房。

忽闻钓岛小人狂。鬓花霜，气尤昂。前线重回，紧握手中枪。敢教倭奴深海葬，兴社稷，保边防。

陈明,辽宁省诗词学会会员,抚顺市诗词楹联学会理事,抚顺市作家协会会员。作品散见《抚顺日报》《辽宁日报》。《七律·读习总书记〈忆大山〉有感》获中宣部宣教局、光明日报社、中国网络电视台联合开展的"书写核心价值 送您平安吉祥"2015新春诗词歌赋征集活动评选二等奖。

蝶恋花·除夕夜读习主席
《七律·军民情》有感

辽宁 / 陈明

腊月梅红花蕊俏,绽逸馨香,贺岁听鞭爆。盛世笑吟千景妙,人欢九域金猴闹。

鱼水军民情最好,海阔天高,疆固和平保。共筑长城肝胆照,中华梦里羲皇笑。

杨威，现为新疆诗词学会会员、石河子大学胡杨诗社顾问和该大学诗联讲习班授课老师。

参观革命烈士纪念堂

新疆／杨威

先烈浮雕气宇宏，忠魂铜像矗长空。

鄱湖泛赤腥风里，赣水流红血雨中。

百世流芳歌俊杰，千秋遗爱赞豪雄。

舍生取义撼天地，不朽精神世代崇。

浣溪沙·八一军号

河南 / 王雪奇

军号声声震破城，工农官兵更勇猛。反动贼子颤惊惊。

前赴后继论英雄，南昌起义记心中。军号唤醒中国龙。

寒冬雪舞

浙江 / 郑福友

横渡乌云赤县弥，偷诛青草弱笋追。

漫天呼啸苍鹰咽，遍地轰鸣玉宇悲。

欲恣清川遮翠色，妄掀浊水改芳姿。

狂言压顶逞趋势，但见光芒便告痿。

纪念抗日战争胜利 70 周年

江西 / 张山东

红云蔽日染洪城，铁血堪能铁骨铮。

非我英雄生异志，缘卿鼠目盗空名。

江山万里多娇媚，风雨千年近太平。

兴复中华圆旧梦，丰碑永铸谱长征。

题杨靖宇

河北 / 胡方元

棉絮树皮和草根，将军腹内赫然存。

忍教热血洒疆土，不使金瓯蒙垢痕。

掷地铮铮英俊骨，冲天浩浩毅忠魂。

铁肩大义折倭寇，更铸丰碑启后昆。

瞻八一南昌起义纪念塔

湖南 / 张大彪

凝神肃穆仰丰碑，风展云霄铁血旗。

动地惊雷犹激荡，啸尘战马尚奔驰。

丹心化碧魂长在，剑胆成仁志可追。

丽日华天春灿灿，千秋功业正相期。

高怀柱，作品散见《诗刊》《中华诗词》《当代诗词》等刊物。获全国"新农村杯"诗词大赛一等奖、首届"江西红色旅游诗词大赛"一等奖、"龙源杯"全国诗词大赛第一名、第二届全国百诗百联大赛二等奖、中宣部2014庆七一诗联大赛一等奖。中华诗词学会、中国楹联学会会员，山东省诗词学会常务理事，省学会会刊《历山诗刊》编委，著有诗集《河畔吟草》《桃园集》。

八一抒怀

山东 / 高怀柱

热血满腔旗在手，军歌一曲动人寰。

毁城岂任徐才厚，折柱焉容谷俊山。

潜艇巡游深水处，战鹰呼啸碧云间。

强军强国群情奋，万险千难只等闲。

题八路军太行抗战旧址

河南 / 李玉洋

自古军魂壮国魂，八年抗战铸昆仑。

若如不死鬼窥犯，十亿天兵赴国门。

赵洪禄,中华辞赋家联合会副理事长,巴中市诗词楹联学会副会长,四川省诗词学会会员。作品散见《中华辞赋》《九州诗词》《中国诗赋》等刊物。获奖若干。

破阵子·戍边战士

四川 / 赵洪禄

广漠妖风肆虐,边关鬼魅猖狂。毒犯贪心生歹意,战士金睛发亮光,奸邪无处藏。

智慧澄清浊气,青春奉献疆场。卧雪爬冰陪霁月,策马扬鞭迎艳阳,天池作玉觞。

抗日战争胜利七十周年感怀

甘肃 / 李军锋

风侵柳畔湖光冷，雾起卢沟晓月寒。

淞沪江边波浪涌，瓦窑堡内夜灯阑。

东瀛贼寇屠黎庶，战地英雄赖百团。

霹雳双雷惊鬼岛，殊勋八载耀坤乾。

袁晓平,笔名扁老夫子,赣州市作家协会会员,赣州市诗词楹联学会会员。

颂朱德

江西 / 袁晓平

中华自古重平和,水净山清义士多。

展望闲云游绿岫,怡听脆涧奏红坡。

风淳气正挥英画,众聚心同赋壮歌。

警醒吾曹庸碌辈,时间不待永如梭。

刘龙凤,中华诗词学会会员,江西诗词学会散曲研究会副会长,中国诗词学会散曲研究会副秘书长,江西老年大学文创室副主任,南昌诗词学会常务理事,著有诗集《龙凤诗选》第一至四卷。

新编火箭军

江西 / 刘龙凤

破晓宣来定海针,危机掐住控沉沦。

中东浩气朝天吐,里海长戈对水云。

霸道冲关晨阻挡,妖邪变种暮招魂。

何人愿做旁观者,元旦传檄火箭军。

八一颂

江西／罗宾

南昌举义爆惊雷，党握兵戎旧世摧。

猎猎旌旗征万里，威威将士破千围。

同心碧血驱倭寇，秣马雄军荡蒋麾。

钢铁长城功绩伟，中华圆梦铸丰碑。

林汉梁,中国榜书家协会会员,中国榜书家协会江西分会会员,江西省、南昌市书法家协会会员,南昌市美术家协会会员。江西诗词学会会员,江西省楹联学会会员,南昌市诗词学会理事。南昌市政协书画院特约画家、书法家,南昌市老年书画协会会员。《南昌教育》《南昌家庭教育》杂志美术编辑。

抗战太行山咏

江西 / 林汉梁

群峰列坐峥嵘势,巉洞天泉险要磐。

古代多朝拼敌勇,昔年八路斗狼顽。

军师刘邓深谋准,日寇官兵屡战寒。

百姓支援民立本,保家卫国捍江山。

边 关

河北 / 孙国栋

冷调高原素色天，寂寥空旷鸟难旋。

戾风启齿连轴唱，霾雪开局至沓喧。

哈气成霜惊演易，冰凌化水恨融难。

勿言此处绝生计，戍旅官兵年复年。

王利民,张家口市文学艺术研究会理事,张家口诗词协会会员。诗词散见《格律体新诗》《中华诗词》《燕赵诗词》等刊物。

鹊桥仙·八一起义九十周年纪念

河北 / 王利民

阴风冷雨,彤云浓雾,抬眼山重水断。鸿鹄燕雀各分飞,一刹那、嘈杂凌乱。

荧光似火,微茫如炬,点点赤焰红遍。旭阳跃起唱雄鸡,有道是、花明柳艳。

李思敏,中华诗词学会、中国毛泽东诗词研究会、《诗刊》子曰诗社、河南诗词学会、焦作市作家协会会员,《焦作诗词》《山阳吟坛》执行主编。出版诗集《心声》《生命吟怀》等。

百岁老兵忆愿录

河南 / 李思敏

难忘腥风血雨频,秃雕大口欲吞人。

群英聚义谋生路,智士擎旗组大军。

最谢井冈毛统帅,终将赤县换乾坤。

沧桑百岁亲身历,盼固长城万代春!

杨德生，作品散见各级刊物，参赛曾获各种奖项数十次。著有诗集《农夫集》。

忆南昌起义

辽宁 / 杨德生

枪声响处战南昌，

自此红军百战忙。

追忆蒋公忒霸道，

劫波渡尽话沧桑！

"九三"阅兵有感

广东 / 陆敏

方阵整齐枪炮良，虎贲英武志昂扬。

当年浴血驱倭寇，今日阅兵昭四方。

世界和平来不易，战争灾难要提防。

牢铭历史怀先烈，科技强军卫国疆。

喜迎八一赞义军

安徽 / 谢长富

南昌诞义兵，革命号角鸣。

弹雨无悲念，枪林多壮行。

井冈生背道①，窑洞聚真英。

抗日兼驱蒋，红旗倍灿明。

注解①背道：第五次反"围剿"博古、李德的"左"倾错误领导。

海疆风云

陕西 / 张小平

惊涛恶雨怒拍天，万里蓝疆隐战烟。

组练雄军威似火，旌旗汉阵气如山。

机群舰列穿空碧，巨浪东风破雾寒。

一表出师今日诵，雪扑杳海祭轩辕。

夏爱菊，中华诗词学会会员，解放军红叶诗社驻鄂东记者站站长，香港诗词学会常务理事兼驻湖北联络办主任，湖北省楹联学会常务理事兼会刊《荆楚对联》编辑，湖北省诗词学会常务理事。创办中国唯一的女子诗刊《漱玉》并任主编，策划出版了中国唯一的大型女子诗词曲丛书《中华女子诗词》《中华女子楹联》《中华女子散曲》并任主编。

中国岛

湖北 / 夏爱菊

浪中有岛叫黄岩，水霸虾兵注目馋。

大陆连疆见公约，海沟分界划天然。

渔舟自古专行我，明月何曾照贼船。

众志成城言确确，倚天长剑捍尊严！

八一抒怀·八一军旗红

上海 / 高元兴

一从旌旗耀长空，便有将星闪熠中。

弹火不惜肝胆裂，狂涛自铸精神雄。

长途漫漫唯艰险，岁月悠悠仰高风。

喜见旗帜新列阵，江山永葆赖忠诚。

夏春海，曾任河南省《漯河日报》编辑出版中心主任，河南省作家协会会员。

闻解放军东海舰队东海军演抒怀

河南 / 夏春海

东海浪浊高且急，官军演兵保钓鱼。

睡狮难忘遭狐贱，虎落平阳愤犬欺。

民族犹记当年耻，国威岂容恶讹逼。

寸土不许强梁染，利剑出鞘看谁敌。

军官教导团旧址

广东 / 李运泉

沧海横流讲武堂，英才辈出显奇芒。

官兵觉悟雄风卷，虎豹峥嵘气势昂。

旗帜鲜红舒望眼，工农蓬勃沐骄阳。

同心起义乌云散，胜利长思第一枪。

感怀烈士

广西 / 马俊旭

家破国危苦难摧，杜鹃啼血为谁悲。

兽蹄所至墟庐舍，贼寇来时溅土灰。

一片丹心图报志，两行清泪倍思归。

倚天仗剑枭贼首，不破夷狄誓不回。

谢立丰，蒙古族。辽宁省诗词学会会员，朝阳市诗词学会理事、副秘书长，热爱诗词创作，历史研究。作品散见《辽海诗词》《塞外风》《辽西文学》等刊物。

浣溪沙·咏平型关大捷

辽宁 / 谢立丰

意扫天狼壮志多，挥师北指踏嵯峨。雄关漫道斩夷鼍。

剑影森森擎日月，刀光闪闪卫山河。铮铮铁骨舞兵戈。

刘书宏,笔名木兰,中国诗书画研究会研究员,中国楹联文化研究会研究员,中华诗词学会会员,中国楹联学会会员,朝阳市诗词学会副会长,建平县文联副主席,建平县诗词学会主席。著有诗词集《木兰集》。

赞新四军

山西 / 刘书宏

金戈铁马起风云,色彩传奇新四军。

老蒋皖南赊血债,寡人败北欠民心。

斗争殊死昭天地,壮士舍生撼古今。

绿水青山缅往事,轻歌曼舞慰忠魂。

鹧鸪天·南昌起义

辽宁／木兰

猎猎旗开赤县天，声声号角战歌宣。南昌义举乾坤醒，率领农奴火炬燃。

枪噗雨，弹林穿，更无胆怯愧儿男。雄师斡转烽烟靖，天下归一大道还。

颂　党

甘肃 / 任武德

华夏救星亮曙光，红船破晓启征航。

八年抗日倭寇滚，百战挥师蒋匪亡。

内挺脊梁凌志立，外匡正义国威扬。

党旗指引龙腾起，国梦复兴奔小康。

沁园春·告慰左权将军

辽宁 / 王力加

集聚七七，肃穆庄严，云淡天高。忆倭贼围困，枪鸣炮响，将星陨落，地动山摇。鲜血殷红，夕阳映衬，千里山川英气飘。同宣誓，要报仇雪恨，口号如潮。

左权县里石雕，引无数国人竞自豪。咏当初才子，饱学归队，后来谋士，妙笔成刀。告慰英灵，钟馗仗剑，妖魅闻风已遁逃。抬望眼，看雄狮已醒，气贯云霄。

陈慧茹,中华诗词学会会员,天津海韵诗社副秘书长。获 2015 年度"谭克平杯"青年诗词奖。作品散见《天津日报》《滨海时报》《今晚报》等报刊。

人民军队

天津 / 陈慧茹

南昌城上响枪声,唤醒工农子弟兵。

高举刀戈驱虎豹,长吹号角扫狼虫。

东洋作浪将遭难,南海兴波必受惩。

科技强军何所惧?不求称霸为和平。

满江红·中国军魂

江西 / 陶其骖

铁甲奇兵，戎装裹，龙神虎胆。冲霄汉，红缨在握，时征敌险。壮志凌云终戍国，雄心搅海长驱舰。猎鹰展，风雨历精神，平安担。

坚磐石，柔丝毯。刚盾体，威锋剑。处危当前往，众心明鉴。塞北植杨防旱扰，江南斗水排涝泛。真勇士，敢揽月星云，通天堑。

邓雄勇，江西省诗词学会常务理事、南昌市诗词学会常务副会长。

青玉案·纪念八一起义

江西 / 邓雄勇

一枪划破阴霾雾，号声激、风云怒。突起天兵如脱兔。旧藩台院，新营房所。顽敌歼无数。

英雄决策成功路，自此鲜红战旗举。百万工农齐奋舞。井冈会师，秋收暴动，直捣黄龙府。

散文诗
SANWEN SHI

军歌嘹亮

云南 / 鸽子

军歌,是嘹亮的。

嘹亮的军歌声里,我们前进,前进,向前进!

军歌的音符里,是枪林弹雨,是粉碎一切黑暗与非正义的伟力!是洞穿一切投降主义的惊雷闪电!

我们前进,前进,向前进,我们高唱着军歌。

军歌,是嘹亮的。

军歌声里,热血铸成了金色的盾牌,正气撑起了干净的天空,博爱舒展了辽阔的远方和未来。

军歌,是威武的号角,是正义的鼓点,是胜利的宣言。

军歌嘹亮。

军歌的音符里,是鸟语花香,是一只只翩跹飞翔的鸽子。

军歌的音符里和前进的道路上,鸽子的翅膀托起了和平的理想和美好的未来。

我们高唱着军歌,前进,前进,向前进。

青槐，本名袁青怀，天津市作协会员，作品散见于国内外文学刊物，入选多种选本、年选等。

纪念塔，或者影子（组章）

天津 / 青槐

1

"英雄是什么样子的？"

说这话时，孺子在滕王阁上一脸肃穆。高楼拔剑，轻易斩断了"落霞与孤鹜齐飞"的意境。

赣江向远方蜿蜒，江山，依然辽阔。孺子关注的远方，在赣江之外。

2

孺子穿过孺子路，在八一广场抬头，目光沿八一南昌起义纪念塔一寸寸向上爬，爬上了枪尖。一朵白云如人间往事，悬停在枪尖上。

透明的枪声，在幽深的天空里飘。孺子听不到，时光捂住了他的耳朵，同时捂住了他的视线……

八一大道，孺子路，青山路……人在流淌，车在流淌，入夜后，霓虹也会流淌。

唯有枪声，萦绕在纪念塔上。

唯有红旗，伫立塔顶，目光含血，刺向天空：深处，有幽灵在飘浮，稍一忽视，它们便会吐出风声与雨声……

3

远离枪声的日子很久了,人们不知道枪声长什么样子,正如孺子不知道英雄,该长什么模样。

孺子知道,五十多米的纪念塔是一种高度,八十多年的时光亦是一种高度,须仰视,须心存肃穆,须用目光一寸寸攀爬……

浮雕在塔壁挥手,呐喊一些沧桑的往事。时光在浮雕的掌心说话:"家国是自己的,积弱的人间郁积了千年的陈腐,须用刀割掉,才能撑起呐喊的重量;浓雾厚重时,方向躲在制度深处,唯有子弹才能穿透黑暗,走出一条光明自由的路……革命是一朵花,须用鲜血浇灌,赴死的脚印一步一勋章……"

八月,朝阳与夕阳,以同样的血色流过纪念塔。

阳光倾泻,纪念塔掏出影子,贴紧脚下的大地,也贴紧脚下看得见看不见的脚印。

4

一杆红旗,在纪念塔前方哗啦啦地响。杜鹃花,正以血的姿势燃烧。

浮雕在时光里冲锋,历史长成一座塔,赋予一座城英雄的名字。孺子看见纪念塔的影子弯下来,搂住了自己的影子。

"成功的花,人们只惊羡她现时的明艳!然而当初她的芽儿,浸透了

奋斗的泪泉,洒遍了牺牲的血雨。"

孺子吟诵,他看到自己影子里长出几只蚂蚁,在浮雕下面爬,它们不浮躁,坚持爱着脚下的土壤,以勇敢的心,一点点接近浮雕的高度。

5

"天空没有翅膀的痕迹,而我已经飞过……"

八一广场。一阵风吹落满地的影子:纪念塔的影子,历史的影子,人的影子,树的影子,花的影子……

无数脚印,在影子里奔跑。

"英雄不需要高度,他们是时光的影子,唯有光明,才能洞悉影子的深邃……"孺子微笑。

纪念塔上。

一群鸽子飞过……

一群影子飞过……

一阵风飞过……

音乐声里有喷泉跃起,像人间的爱,潮起潮落。

王小林, 江西师范大学中文系毕业。江西省作家协会会员、江西省新闻工作者协会会员、江西省散文学会会员、江西省杂文学会会员、中国诗歌学会会员。出版有散文诗集《心约》。

站在英雄纪念塔前

江西 / 王小林

一

那时,我还小,你就是一块石头!

我在黑夜中窥见你锃亮锃亮的双眼,那双炯炯有神让我读出岁月苍茫的眼。后来在教科书上,我读到你在焚烧自己洒下一路阳光后,没有留下名字。

二

英雄以磐石般的坚定来检验自己的选择,留存信念、思想,让我记事,思考,抒写,并找到永恒的话题!

英雄,其实不需要粉饰,不需要镂刻,便能读懂他以及他带来的沉重!

三

英雄是孤独的,他总是站在风雨雷电、烈日黑夜之下,用孤独探索前行的光芒。

他在誓言里酣睡。

他在阳光下承诺。

我行将暮年,甚至老去,而他却永远坚守着抒写自己的信念!

四

在你的头顶感受每一束光环的温暖,我相信,你就像一盏灯,像一把钥匙,使每一个从你身边走过的灵魂,在灯火阑珊处顿悟。

也许,这就是你肃穆的箴言:瞬间就是千年!

七月放歌

河北 / 李果

穿过七月的阳光,越过绿色的平原,跨国叠嶂的峰峦,登上长城,登上珠峰,让我们举起天池,举起鄱阳湖,斟上南湖的清波、井冈的玉露、六盘山的白雪,斟上延河的琼浆、长江的水珠、三峡的浪花,邀黄河水钱塘潮九州激情,邀东海风北国雪五湖惊雷,来吧,让我们站在第九十个里程碑上一起举杯,庆祝伟大的中国共产党 95 岁生日。

七月,鲜红的党旗辉映白鸽飞过碧蓝的天穹,血染的旗帜上悬挂着秋收暴动的镰刀,高擎着省港罢工的铁锤;长征路上的篝火与宝塔山下的灯光比美,赤水河上的渡船同大别山上的红旗相望,横渡长江的涛声和天安门城楼上下的掌声一齐奏响,摧毁石头城的炮吼同春雷一起奏响,于是,千万个战士从枪林弹雨的抗日战场上走来,从硝烟弥漫的三大战役中走来……是你们在七月的召唤下,洗净了祖国蓝天的阴霾,为了56 个民族绽开了灿烂的笑脸!

七月,把风雨和雷电给我,把旗帜和号角给我,把甜蜜和温馨给我,靠七月的手、七月的肩、七月的音符,勇敢地跨越沟堑和峰峦,奋勇地摘取鲜花和果实,赢得了山山水水的赞叹。让事业在我们心中汹涌,让我们在党旗的指引下,展开双翼,腾飞出一个东方的灿烂。

敬礼老兵

苏筱雨 / 安徽

许久的时日，我们在这块鲜血染红的土地，辛勤地耕作，青春常在，绿水常鸣。

许久的时日，我们在这块红色的土地，忘记了这些步履蹒跚的老兵，默默无声地耕作，流云舒卷，清风徐徐。

忘记吧！忘记胸前的军功章，怎能忘记死去的战友；忘记山珍海味，怎能忘记战友留下的一滴清泉；忘记回家的路半掩的门，怎能忘记：起来，不愿做奴隶的人们……

可惜！我不是一个兵，没有接下老兵手中的枪。可惜！我不是一个兵，怎能承受老兵的军礼。

我担起老兵的脊梁，我充当老兵的拐杖，从祖国的四面八方，走向天安门广场，高高飘扬的五星红旗，请接受老兵的敬礼！

鲁亚光,中国诗赋学会会员、中国文协会员、鲁南辞赋家协会理事。作品散见《人民日报》《作家报》《海外诗刊》等。出版诗文集《我们的诗文》(合集)、《简约的空间》2部。获奖若干。

问情井冈山

山东 / 鲁亚光

这是一座刚柔并济的山！这是一座至刚至柔的山！

1928年。

黄洋界。"山连山来岭连岭,黄洋界上是高峰;高峰岭上设哨口,好比把守摩天岭。"1928年8月30日,不足一个营,打退敌人四个团。"早已森严壁垒,更加众志成城。黄洋界上炮声隆,报道敌军宵遁。"不仅仅是著名,更是奇迹！

"山上溪水弯又长,八面山上放豪光,红军哨口在山腰,好比天然大城墙。"八面山,闲中看景,乐观达豁;险中求胜,壮怀激烈。

桐木岭,鹤立鸡群。"临高二千六百步,打得白匪无处逃"。

朱砂润灵泉,"一夫当关,万夫莫开"！好像老虎口,又似狼牙关。

双马石叠峙,不叫鬼犯边。

壮士。壮志。壮举。壮丽。壮阔。壮烈。壮观！

井冈山,中国革命的摇篮。井冈山,中国革命的发祥地。

山至险处而刚,水至澄处而柔,人至情处而烈,情至深处而浓。山是博大的,水是婉润的,人是自由的,情是永远的。

它们,组成生命和爱的交响！

任俊国，中外散文诗学会会员，中国诗歌学会会员。作品散见《星星》《诗潮》《解放日报》等杂志报纸，有作品分别获 2014"湘家荡"征文银奖、2015"人祖山"国际散文诗大赛一等奖、重庆巴南征文一等奖、2016 年"春之歌"征文一等奖等多个奖项。

伫立腊子口

上海 / 任俊国

子弹在石头的心上，钙化。

青松，抚慰弹痕的伤痛。时间的根扎进过往，枝叶拥抱清晨和阳光。

骡马和草鞋走过的栈道依然仄窄而陡峭，打滑的雨雪一次又一次退进风口，又走出风口。

我想，山洪一定漫进过羊肠小道边的暗堡，又从曾经被子弹烧伤的射口进出。

在漩涡的底部，只有时间坦荡如砥。

此时，一把秋风收紧了记忆的隘口。

掬一捧清澈的溪水，我把自己瘦进山色中。

路志宽，自由撰稿人，作品散见《诗刊》《扬子江》《星星》等刊物，获征文奖 100 余次，作品入选 30 余种年度官方和民间选本。

抗战，抗战（组章）

河北／路志宽

铭记

忘记血泪史，就是背叛。

日落日升，岁月更迭，昔日的战火、硝烟、杀戮、呼喊、死亡、血河、尸体，此时都被刻上石碑，刻进中华儿女的胸膛，刻进一代代中国人最痛苦最撕心裂肺的记忆。

书本上，影视里，照片上，战争还活着，同胞们的苦难，钢针般刺痛我们的目光，心中的疼痛，刻骨铭心。

不能忘记我们的抗战史，不是为了记住仇恨，而是为了不能让悲剧重演。铭记，就是一种养分，融入灵魂和血液，支撑起我们的脊梁。

前事不忘，后事之师。抗战精神，是一针强心剂，注入中华儿女的心中，激励我们前行的步伐。

铭记历史，我们会更加明确自己的担当。

中华民族到了最危险的时候

日军的入侵，让中华民族到了最危险的时候。是做亡国奴，还是奋起抗争保家卫国，显然，中华儿女选择了后者。

于是，他们就选择了流血，选择了殊死搏斗，也就选择了死亡。在那个战火纷飞的岁月里，我同胞面对的常是，生的艰难，死的悲壮。

畜生般的日寇,视我同胞生命为草芥,砍头、活埋、枪杀……无所不用其极,惨无人道,惨绝人寰。我同胞尸体堆积如山,血流成河,天地同悲。

团结一心,众志成城,我们用自己的血肉之躯,组成新的长城,抵抗日寇的入侵,国家有难,匹夫有责,中华民族到了最危险的时候,看英雄儿女如何担当。

于是,那些年的腥风血雨,那些年的悲壮惨烈,那些年的枪炮战火,那些年的抗争与牺牲,在古老的东方文明古国一一上演。

抗战,我们义不容辞。

抗战,我们不怕牺牲。

抗战,我们前赴后继。

抗战,我们挺起脊梁。

祭拜

在烈士墓碑前,我们低下自己的头颅,向我们的先辈,向一位位英烈,向一种精神,鞠躬致敬。

天空下着雨,那是我们心中的泪啊!

你们把忠魂融入石头,被一个个纷至沓来的目光,仰望。一个个花圈,一束束鲜花,一双双目光,一次次顶礼膜拜,你们当之无愧,如果硬要我辈崇拜什么,那么我们就选择崇拜你们——共和国的英烈!

每年的那个时节,我们都会在雨中来探望你们,这是与你们的一次对话,也是给我们灵魂的一次洗礼。

肖东,中共党员,武汉市作家协会会员,中国音乐著作权协会会员、中国文字著作权协会会员。作品散见《佛山文艺》《诗潮》《散文诗》等报刊。部分作品在全国文学赛事中获奖,个人事迹被多家新闻媒体广泛报道。

仰望国旗

武汉 / 肖东

仰望国旗,在一缕清风中,能听见黄河的涛声,能看见长城的威严;仰望国旗,在纯美的旋律中,能听见澎湃的话语,能看见太阳的光辉;仰望国旗,在艳丽的色彩中,能听见热血的沸腾,能看见古老的故事。

仰望国旗,它鲜艳无比,在不停飘扬;仰望国旗,就是仰望历史,仰望华夏,仰望腾飞的中国。

太阳升起来,国旗便升起来;霞光与国旗共色,阳光与金星共色。太阳是各族人民的心脏,国旗是各族人民的灵魂。

仰望国旗,回想昨日的拼搏,执着今天的奉献,明天才有向往的梦。

仰望国旗,如是诵,为诗;仰望国旗,如是唱,为歌;仰望国旗,如是描,为画;仰望国旗,如是谱,为曲;仰望国旗,如是蹈,为舞;仰望国旗,如是击,为律……

仿佛百花争艳,百舸争流;仿佛千山鸟飞,千帆竞发;仿佛万人空巷,万众一心。人民就在阳光与国旗相互辉映的大地上生活,幸福吉祥高照。

仰望国旗,在升腾的情感中,撞击出智慧的火花;仰望国旗,在坚毅的目光中,升华着创造的欲望。

仰望国旗,用火红的激情歌唱,歌唱火红的太阳,歌唱火红的国旗,

歌唱火红的日子！

在雄浑的国歌中，沐浴在太阳的光芒里，心绪如国旗般红火起来，心田如蓝天般纯洁起来，心灵如海洋般荡漾起来……

庆幸生活在这个伟大的时代，人民都在优美的旋律中放飞着自己童话一样斑斓的梦！

雨慧，原名江淑慧，作品散见《诗江西》《散文诗》《中国诗人》等报刊。

夜访八一纪念塔

江西 / 雨慧

当璀璨的灯光撞入我的眼眸，我正凝望塔尖的红旗。

她，虽然久经风沙，却依然鲜红亮丽，有温暖的气息和强劲的心跳。

肃穆，驻足。当赤诚举起右手，我听见庄严之声；当回忆氤氲心田，泪水打湿脸庞。

感动，感恩。于这光彩斑斓间流转，过去和未来；于此刻，紧握住双拳，也被双拳握紧。

崇敬挥旗，为两万余的革命志士；敬仰擂鼓，为英雄城。

光芒让人豪情，万丈间我移动身体，绕着纪念塔，仿佛转动经轮——祝福英雄的城市，也祝福城市的英雄。

至此，我不愿离去，任《中国人民解放军进行曲》在胸腔里滚涌。谁能挫钝铮铮铁骨？谁能忘却英灵的魂魄？凝望，迎着阵阵袭来，我折叠白菊，以忠诚，缅怀。

斯缘,本名龚农,重庆市作协会员,中国散文学会会员,重庆城口县文联副主席,《城口文艺》主编。合著有报告文学《冲出大巴山》等;最新出版散文集《我在巴山听夜雨》。

军旗红,吉祥红(组章)

重庆 / 斯缘

1.映山红

在春天的井冈山,有谁比映山红的故乡更为火红?

那是怎样的红啊。像火,比火更烈;如霞,比霞更艳;似血,比血更浓。

是的,那年八月,南昌城头竖起一面年轻的旗帜,星点的火苗点染了一座山。枪声,叩响腥风血雨的城门;旗红,辉映一片苏维埃的净土。

眼前的花海,为什么偏要在山崖绝壁上流淌?

"若要盼得哟春风来,岭上开遍哟映山红……"

悠远的歌谣,荡漾起憧憬,送到突兀陡峭的峰巅,洗出一片瓦蓝。

是的,花瓣儿为相思的季节盛开,甚至只属于那个火红的年代。

那个背长枪头戴红星的少年呢,那条弯弯曲曲铺满红叶的山道呢,那片红霞似血的天空呢?不会消散在昨天吧?

谁懂得你的花语,谁就永远属于你。

那花语,不应该只是肤浅的喜悦,也不是简单的纯真。每一朵花瓣儿,深藏着一句芳香的箴言,飘然入心。

哦,映山红属于生命的神州,神州的儿女属于火红的世界。

2.红星红

在红军公园巍峨的红星旁,绵长的岷山在风雷中轻摇,泛红的云空映照金沙江的古渡口。

游人如织。过剩的激情,不及鲜花的稳重,不及纪念碑忠贞的守望。

我站得再高,还是低于那颗高举的红星。

我只愿成为你近旁的一棵树,静静地,绝不惊扰你飞扬的绿,做你午眠的倚靠。

与红星匹配的花朵,终会凋谢;而与墓碑相伴的树,总是常青。可脚下的土有些瘠薄,但有不竭的江水足够。有水,有阳光,还有无数敬仰你的眼神。

我本是山里的一棵树,与那颗红星一样,需要大山云雨的擦拭。

我愿将本不丰富的生命历程交给你。

3.军旗红

红艳艳,红彤彤,飘红天际,飘红山河。

流水似的思念,流淌于心窝,倾泻于笔端,凝视你,写着你。

世界上有哪一座山峰能高过你的峰峦,人世间有哪一条河流能长过你的旅程,你是千万双手高擎的火炬,千万条生命祭献而来的神圣巾幡。

世界上有哪一种赞誉能永远铭记于人民的心间,又有哪一面旗帜能穿越血与火。你是党洒下的底色,共和国支撑的旗杆,人民奉献的飞翔。

90年了,火红如新。因为使命,因为责任,因为梦想,旗帜才让自己壮美地燃烧,灿烂地、猎猎地飘,飘出一片火红,一片静好,一片年华。跟随共和国的铿锵脚步,相伴小康的东风,带上即将涅槃的火苗,在圣洁的光源下,漫上高空,渲染祖国的山高水长。

我只想对你说:生日好啊!

陌岩，本名荆升文，中国民间文艺家协会会员，山西省作协全委会委员、阳泉市作协副主席、《阳泉矿区文艺》常务副主编、阳泉市矿区诗词曲学会主席。作品散见《诗刊》《星星》《小说月刊》等刊物，曾获中国作协"指尖传递，红色记忆"征文诗歌二等奖、全国总工会主办的"中国梦劳动美"全国诗词大赛一等奖、《诗刊》主办的"西厢杯"诗歌大赛二等奖等奖项，著有《陌岩诗歌精选》《垂直向下八百米》。

井冈山诗草（组章）

山西/陌岩

黄洋界遗址

锈迹斑斑的喊杀声，从 1928 年 8 月 30 日传来。

"黄洋界上炮声隆"，这句从笔管里射出来的诗句，如今成为了欢迎游客的礼炮声。

站在哨口工事，那些集聚在心中的块垒，轰然倒塌。

我听见浓重的湘潭口音，正在朗诵——过了黄洋界，险处不须看。

井冈山革命烈士陵园

1200 平方米的一块热土，能否安放下 15744 位，可以燎原的星星之火？

我提着自己的心跳和摄像机，一步一步走上台阶。

我遗憾自己是一位记者，却无缘摄录烈士们当年之壮举。

我惭愧自己是一位诗爱者，此时千言万语和内心的闪电，却卡在了喉头。

朱毛挑粮小道

一头挑着太阳，一头挑着月亮。

一头挑着布衣与草鞋的重托，一头挑着镰刀和锤头的尊严。

曲曲弯弯的中国革命史中，朱德和毛泽东率领着一群小米加步枪的兄弟，革命的种子，一步一步挑向了山巅。

一条小路，平平仄仄，像极了红旗走过的道路。虽然坎坷，却一路向上，一路向前。

段昌富，淮南市新四军研究会会员、淮南市作家协会会员、淮南市诗词学会会员、本校《取燧》校报编辑部主任。作品散见《杂文报》《安徽教育报》《淮南日报》等报刊。

写给士兵

安徽 / 段昌富

火红的黎明，一个士兵倒下了，热血静静地洒在土地上，嘴角不屈的微笑燃起我的渴望，无声洞穿的胸腔沉入我缓慢激荡的漩涡。

你以自己的生命，使丧失的信仰、空虚的魂灵和对大地的信任重获新生。一条无穷无尽的河流，带着钢铁和希望的鸽群，沿着你的鲜血，你的高尚，你的战友遗体流淌。

多想血液重新注入你干裂的血管，多想把声音重新赋予你破碎的躯体，多想把双唇和自由重新赋予你的沉寂。你倒下了，无可挽回地倒下了，可你那蓝色的英雄服，硝烟中平和的面孔和目光，曾拨弄六弦琴的双手却在我的身心中悄然地诞生。

为八一起义九十周年放歌(组章)

甘肃 / 刘志宏

军旗情思

从南昌城头高高飘起,枪林弹雨中,热血嘹亮了 1927 年 8 月的那个黎明;金戈铁马,万里雄风,八一军旗闪射着逼人的光芒,耸立成中国革命史上的一座桥头堡。

从此,南昌成了中国的一处大风景,梭镖和信念铸起军旗的绝对海拔,在嘹亮的号音中,飘遍井冈山,红透延安城,滚滚铁流在毛泽东睿智的注视里,狼牙山五壮士舍生取义,董存瑞、黄继光浴血卫旗,雷锋、张华把为人民服务的宗旨凝在永恒的价值观里……

多少将要别去的老兵,内心充满了激动的泪水;多少踏入军营的新人,感情涌动岁月的潮汐。在军旗凝重而辉煌的舒展中,英烈们期望的目光穿透血泽染亮的晨昏,高高举起右手,用那个标准的军礼锻打"向前、向前、向前"的不朽旋律。

八一军旗,从南昌飘到今天,在新世纪每一次浩浩荡荡的行进中,铿锵的节奏聚合起强大的内涵隆隆而来,飘扬在共和国每一片生长五谷的沃土,每一条放飞爱情的小溪,每一颗诗意茁壮的心灵,每一双渴望和平的眸子,真切地临摹三军将士信念中的阳光,临摹中国革命从胜利走向胜利的一次次洗礼……

南昌起义

硝烟散去,炮火歇息。夕阳下,南昌城静静地卧成一段传奇。

城头的高度挺立着革命的重量,那颗信号弹自历史的心窗升起,在周恩来、朱德、贺龙、叶挺、刘伯承等革命家的注视里,叙述一柄刺刀挑亮的警句。

曾经,太多的呐喊,太多的英勇,太多的记忆,在1927年南昌城血火烧铸的砖石上深刻成一片印记;曾经,烈火、弹痕和热血,让信仰以殷红的壮烈,销毁长长短短的镣铐,点燃八一军旗飘扬出的晨曦。

如今,铁锤和镰刀种植的光明,拥着45.5米纪念碑的海拔,让无数的惊叹,自脚下厚重的热土中崛起,灿烂那座"工"字楼亘古的壮丽。

南昌英雄城哟,矗立在长城的骨骼上,岁岁拔节的是革命的精神,是不朽的真理!

翱翔蓝天

生命属于蓝天,属于列队掠过的机群恣意翱翔的威严。

蓝天白云下面,长城蜿蜒着国土,长江书写着文明。歼20横空翱翔的意境,在博大的版图上,蘸着热血锻打一种信念,让灵魂的双翼伸展为生命的符号,飘飞八一军旗的威严。

航空兵、导弹兵、雷达兵、空降兵……多兵种合成的双翼在自豪中飞翔;

歼击机、轰炸机、运输机、无人机……用满身正气喂养华夏的自尊自强。

以鹰的锐眼环视碧海青天，一声傲然的长啸，把鹰击长空的气势化作箴言，让弹射而出的力量，撕开阴云晦雨的厚重，播撒和平友谊的魅力，捍卫一片片炊烟茂盛的遐想。

把蓝天的弧线连缀起一段历史，把海水的温柔，大山的坚定，庄稼的馨香和夜月的忠贞，放飞在仰天长啸的壮烈里，让待旦的长戈像闪电裂过长空，成为一道不可逾越的彩虹。

辽阔的地平线上，腾飞而起的共和国之鹰，已把绿色的橄榄枝伸向世界的双眸中……

田鑫,中国楹联学会会员,河北省张家口市楹联学会副会长,张家口市诗词协会副秘书长,怀安县诗联学会会长。

八月如歌

河北 / 田鑫

八月,我们走来,从人民共和国怦然跳动的心脏中走来。八月,我们崛起,当灾难像磐石般凝重的时候,我们崛起民族的脊梁。八月,我们挺直躯干,如泰山的伟岸、珠穆朗玛的巍峨。

八月如歌。

八月,你惊天动地的第一声枪响,穿透中国几千年的漫漫长夜,划出一道新世纪的曙光。八月,你是第一个火把,点燃沉寂万代的苍茫旷野,让星星之火燎原。八月,你是第一声惊雷,炸响了迷惘惶惑的民众,镰刀铁锤的有力结合,工农革命开启民族的希冀。

八月如歌。此时此刻,所有壮美的音符,跳跃在雄伟高大的战舰上,盘旋在凌掠长空的战鹰下,舔抚在刀枪砍扎过的伤口上。

八月如歌。聆听昔日激昂的号角,回味战火纷飞的硝烟,猎猎飞展的战旗下,先辈们音容犹在,笑貌栩栩如生。

瞧,奇峻雄美的井冈山上走来了肩挑扁担的朱军长;延河窑洞里周副主席与边区军民热火朝天纺线;庄严的刑场上,陈铁军与周文雍郑重地举行婚礼……所有这些人的名字,将传唱千古,英名万代不朽。

八月如歌!

嘹亮的歌声点亮了天安门前喜庆的红灯,分外闪亮,驱走了中国人

民压抑了几千年的屈辱与卑贱。"中国人民站起来了!"这震彻寰宇的宣言,让一个腾飞的民族,抖开巨龙般的羽翼,呼啸着向世界昭示一种永恒不泯的精神!

先烈们的魂灵将永恒于这方热血洗礼过的国土,新时代的英雄军队将吮吸着勇士的忠贞与赤诚成长为蓊郁的大树,同样用铁骨铮铮的躯体托起人民共和国赤裸而坚不可摧的脊梁,我们永远是不倒的长城,八一军旗鲜艳如花。

八月如歌,歌声飘扬在祖国湛蓝的天空下,它的金色脚韵描绘着一幅气势恢宏的画卷,永无逆转地守护着祖国光辉灿烂的伟大事业!

八月,我们的节日! 我们的歌!

赞歌献给党,唱给党,献给军旗!

啊,八月如歌! 如歌的八月……

史枫，本名史凤英。作品散见《散文选刊》《诗选刊》《飞天》等报刊。曾获全国和太原举办的多个征文活动奖项。出版有诗集《时光深处》、散文集《记忆里开花》、散文诗合集《林中对吟》。自印文集《枫叶漂红》。

旗　手

山西／史枫

每一个清晨，都与众不同。

它们将有新鲜的风采，在辽阔的土地上演。

此时，晨雾还缠绕着梦乡，那是仪仗队旗手们心中对故乡的不散眷恋。

在朝霞未冉时分，你们便整装出发。带着被梦打湿的故乡，带着希望，带着祖国的蓬勃，走在光影里。

将手中鲜艳的红旗，送上高空和天幕，宣誓祖国神圣的主权。

风也变成多情的注角，似故乡的亲人，从远方赶来，簇拥黎明，伴随你们走向庄严。

即将喷薄的红日，多像云朵衔来的殷红，绽放于你们国防绿军装的三点。

偌大的天地之间，你们年轻、有力的心跳，与强大的祖国同声。

挺拔的身姿，是你们持久的历练，在时间之上结晶。

枪支紧贴身躯，仪表透出意志。把祖国和平的愿望，剑指蓝天。

你们把同一个节奏走出国威，铿锵步伐将云外之天震颤。

让飘扬的五星红旗，说出了不平凡的话语。

中国在世界之林屹立。

蔡旭，中国作家协会会员，享受国务院特殊津贴专家。曾任《海口晚报》总编辑、海南省作家协会副主席。出版散文诗集《顺流而下》《简单的生活》《蔡旭散文诗五十年选》等 26 部，散文集、短论集 9 部。

走进江西大旅社(组章)

广东 / 蔡旭

25 号房间

走进江西大旅社，我便急着要找 25 号房间。

这座灰色 4 层大楼 96 个房间中，最重要的那个房间。

它偏居于 2 楼的一角，就在楼梯拐角的地方。

坐落在中国革命危在旦夕之时，一个转折之处。

1927 年 7 月底，年近而立的中共前敌委员会书记周恩来，被历史订下了这个房间。

透过落地玻璃窗，看得见白色恐怖笼罩下的中国，及一触即发的星火。

微黄的电灯光照亮了不眠之夜，老式电话机串联着一颗颗期待的心。

穿衣镜中，似乎还收藏他审时度势的神情和当机立断的身影。

我听到了他举足轻重的脚步，让整个世界都感受了震动。

8 月 1 日凌晨，他从房间走出来，挥手之间引发了一场暴动。

以革命武装反抗反革命武装的第一枪此刻打响，宣告了人民军队的诞生！

25 号房间从此走进了历史课本。

我看见许多人同我一样,排着队进来拜读。

让一颗颗各种年轮的心,在这个小小的房间里激动不已。

凌晨两点的时钟

这座钟走得很快。

不快不行啊!

中国革命到了极端危难的时刻,生死存亡的命运做出了决定:要抢时间。

这座坐在江西大旅社喜庆礼堂的时钟,此时不再面对寿宴或婚礼。

它目击了起义总指挥部那场激烈万分的辩论,亲见了张国焘的百般阻拦与周恩来的拍案而起。

听到前敌委员会做出的武装起义的决定。

不快不行啊!

革命与反革命的武装,都正在夜以继日地急行军。

由于叛徒的出卖,原定 4 点的起义时间,不得不提前。

干柴烈火都已具备,就等点燃一根导火线。

时针指到两点,这是 1927 年 8 月 1 日的凌晨。

一记惊天动地的枪声,翻开了人民军队史的第一页。

这座走得很快的钟,此时停下了脚步。

它说,它要给历史,做出见证。

警卫连中的一个名字

江西大旅社是南昌起义的总指挥部,一楼有一间警卫连的宿舍。

在门口的标牌中说出了一个名字,很熟悉,一个响亮的姓名。

粟裕!他是共和国的第一大将。

当年他是南昌起义警卫连,一名普通的士兵。

我仿佛看见这位 20 岁的来自湖南会同的侗族青年,站岗放哨的身影。

又不时叠映出一位杰出的军事战略家,深谋远虑出奇制胜的神情。

井冈山斗争,浙南游击战,新四军先遣队,苏中七战七捷,直至孟良崮"百万军中取上将首级"……

一位百胜将军的简历,在战火硝烟中写成。

而最初的一页,在警卫连的名册上,平淡地显现。

我站在警卫连门口,伫立良久。

总想从宿舍简单的摆设中,找出什么隐藏的答案。

一眼望穿的宿舍,没有开口。

因为,从士兵到大将,从平凡到伟大的道路——

要用身经百战、九死一生的信仰,才能证明。

邓伍生，江西省作协会员，作品散见于全国各地报纸杂志，获奖若干。

凝 望
——写在八一南昌起义纪念塔前

江西／邓伍生

就这样伫立，就这样凝望。

翻开共和国不朽的记忆、收拾好血红的心情之后，我揣着缅怀上路、奔着八月一日而来。此刻，我以一种无比景仰的姿势，深深地凝望。

目光，掠过八一广场，定格在英雄纪念塔上。

我看见：四十五点五米塔身的高度，浓缩了人民军队历史的辉煌。塔顶是老枪与旗帜合编的图案——老枪怒指天空，惊飞了白云；旗帜则舞动红色的誓言，迎风飘扬。而正北面，叶帅题写的九个鎏金大字，与日月同辉，与天地同芳。无数英雄用血肉铸成的丰碑——这座雄伟的丰碑，高耸在幸福着的人们心里，昭示着无上的力量。

我看见：九十年前，那枪管里滚出的第一缕发烫的声音，如何划破子夜的黑暗，震撼了低潮中的中国革命，更震醒了南昌。一群原本习惯了同锤子和镰刀打交道的青春面孔，纷纷拿起大刀和长矛，走进眼前这起义的浮雕。他们的热血染红了军旗，也染红了苦难中国的希望！

我看见：八一南昌起义纪念塔如今不只是城市风景，更是军魂栖息的地方。八一精神已经深入到子弟兵的骨髓，成为他们不可或缺的食粮。八一军旗插到哪里，哪里就是金戈铁马前进的方向！

就这样伫立，就这样凝望……

军旗飘飘

云南 / 胡勇

一杆旗帜,一九二七年八月一日,在南昌,横空出世。

中国共产党有了自己的军队,打响了武装反抗国民党反动派的第一枪,枪杆子里面出政权,迈出了艰难的第一步。

在一个叫三湾的地方,通过改编,党建立了对军队的绝对领导地位。党的领导,找准方向。这杆旗帜,高高飘扬。

井冈山的翠竹,见证了这杆旗帜的颜色。毛竹青了又黄,黄了又青。旗帜的颜色,依旧鲜红,红遍了大江南北。

以瑞金为中心,这杆旗帜飘扬的范围越来越大。反动派视为眼中钉肉中刺,想拔除这杆旗帜,事实证明,那是怎样一个痴心妄想!

万里长征,这杆旗帜飘遍大半个中国,更多国民记住了这杆旗帜,知道了这是仁义之师为民之师的旗帜。

旗帜飘扬到了陕北,毛泽东的《八一宣言》振聋发聩,将全国人民紧紧团结在这杆旗帜的周围,一致对外,共同抗日!

抗日战争,这杆旗帜,在敌后,四处飘扬。直至,日寇闻风丧胆。

解放战争,这杆旗帜,由北到南,渡长江,收西北、西南,解放海南岛。

旗帜飘到哪儿,哪儿就是一片红色的海洋;旗帜飘到哪儿,哪儿就是一片晴朗祥和。

一个崭新的中国,在旗帜的飘扬呵护中,建立起来,走向开放,逐渐强大。

崭新的时代,哪里有危急,哪里就有旗帜的高高飘扬!

何燕子，本名何燕，新疆石河子兵团人，从部队回地方，省作协会员。作品散见《星星》《诗林》《诗选刊》等刊物。著有散文集《梦回西域》《班主任手记》，诗歌集《格子窗》《只等阳光轻身而来》，诗歌合集《十面倾城》。

仪陇，那一路杏花开放（组章）

四川 / 何燕子

一、杏花开放的时候

这是四月。

我走进仪陇，脚下的每把泥土一定有恒定的温度和湿度。

群山绿了，马儿未卸鞍。相遇共和国的元帅，相逢一位普通的战士，叠印红军远去的脚步，也是沐浴了"德"字的雨露……

这是红色的家园，破解了盛世中华的密码，创造了无数的表达。当我置身其间，信仰之光已斜成辽远的手势。

春风的每个段落都在咬碎花瓣的露水，散发着光阴成长的芬芳；春风揉碎了自己的灵魂，勾勒出来的画面也揉进了我的灵魂。

仪陇，那一路杏花开放，仿佛奔跑的火焰，是对这片热土最好的礼赞，对这个世界最好的倾诉方式。

谢落时，就成雪白一片。

谢落时，就不只是风景。

二、一个人的故乡

注定要在杏花的音阶上，迎来洞穿黎明的号角。

一个人的故乡,还有什么比万朵红云占尽春风,更容易拒绝离堆的敲打和撞击?

琳琅山下,不祈求找到一根英雄的肋骨。光亮里走来的我,可以是一个人的儿女和子孙。

如那一路杏花摇曳, 如那马鞍上的英姿为明媚的大地运来春的蹄声,暖热我世世搜寻的目光。

将热血的力量从冬天里拔出。屏气凝神,我谛听旌旗的呐喊。

南昌的枪声称足了辉煌的分量,太行的峰峦透出了狂草的犀利。杏花的仪仗,将泥土的皱纹拆下来,缝进向上的回声。而不着边际的香雪,又把大地上的守望涂染得一节比一节飞扬。

然后,在阳光下孵化的,是斧头和镰刀的历史,是鲜花国度的历史。

三、以霞光的名义

金粟书岩,壁立眼前。

800 米书法石刻,伟人不少,名家不少,真草隶篆行,五法齐备。

只有陡峭的崖壁上,一个"德"字,大写的,深刻的,挺拔刚毅的……吻红了朝阳,清可绝尘,浓能远溢。

肉体之轻,灵魂之重,这是怎样的相遇啊!

舍欲之得,得于延续的,得于关怀的,是时光的平平仄仄,是我抬头敬们的海拔,以及藏于怀中的粮食和金粟的香味。

我将以怎样的姿态,凝练清秀的笔力;将以怎样仰望,吮住民族真正

的乳头。视线的对接处,那些越过繁华的音符早已隐没在石壁间,一部青史的面目深醉在金色的芬芳里。

而我按住仍在反刍的胃,像是要一节一节拽出些根来。

以霞光的名义,焊接天空与大地,撩人的光焰接近了内心的柴禾。

化风雨,数十里外清晰可见。

　　湮雨朦朦，江西省作协会员，南昌市作协理事。作品散见《星星》《诗歌月刊》《散文诗》《山东文学》《绿风》《诗选刊》《芒种》《中国诗歌》《中国诗人》《新民晚报》《南昌晚报》等报刊。诗歌入选《诗选刊》2014 年中国女诗人专号，并被 2016 年《岁月》杂志专题推荐，组诗《为你备好的春天》获 2015 年南昌市谷雨诗会一等奖。诗歌入选多个选本，获奖若干。

八一，暖风吹过

江西／湮雨朦朦

　　你是否听见了暖？你是否听见了八一的脚步越来越近，暖风徐徐吹开一面军旗，暖风轻叩，举国同庆！

　　是一个个艰苦卓绝的日子。

　　是一个个血雨腥风的传奇！

　　一声枪响，人民的军队从此诞生，一声枪响，中国人民从此挺立。

　　哦，我站在八一广场，心潮起伏，高高的纪念塔仿佛英雄们的诉说，

　　阳光普照着大地，一切都准备就绪？

　　水声从虎跳峡传来，鸟鸣在森林里争先恐后，劳动者的号子，绿军装的整齐，还有什么不能在灿烂的日子里微笑？

　　所有的，所有的花朵都来吧！

　　所有的映山红，重新绽放，重新把血红的颜色献给五角星，献给共和国的勋章杜鹃花，独居一隅，那也是新时代，那也是英雄城南昌，在暖风里冉冉升起！

江南塞上曲

江西 / 熊亮

　　默立的是巍峨的八一南昌起义纪念塔，塔下挺立不屈的劲松。

　　穿越松风，我再次肃立。水波壮阔的江南，扁舟的桨叶载起热血的好儿郎。洪流汇聚，向着江南的塞上，注定一场风云在南昌激荡。

　　远去的鼓角，在广场云端流转，在一页厚重的军史里，我聆听当年奋起的第一枪。飞逝弹雨在史书里洞穿旧时代的天幕，江南的暗夜燃烧起劲旅烽火，撕开了一个新的天地，从此啊，南方不再柔弱，从此啊，南昌不再沉默。

　　滕王阁的风铃依然在赣江畔作响，江上曾见千舟惊红旗，江上曾闻革命军歌亮。一只飞鸟扶摇在蓝天，牵引我的不灭豪情。溶入浪花的旌旗混合云彩，展示今朝的洪州颜色殊胜。

　　行走在南昌的街巷，街灯倒映霓虹成斑斓，古城的变迁在流动的灯彩里，奋起是英雄城的风骨。梦中哦，一列列当代英姿飒爽的军人笑谈在八一南昌起义纪念塔下……

堆雪，本名王国民，首届全军中青年作家、评论家研修班学员。作品散见《诗刊》《星星》《西部》等报刊。著有诗集《灵魂北上》、散文诗集《风向北吹》《梦中跑过一匹马》。作品获第十一届全军文艺奖，第十一、十二届昆仑文艺奖等奖项。

染血的背包(组章)

新疆 / 堆雪

背包

在背上。裹进血肉舒绽的香味，战争的体温，和平的烟尘。

四方四正，结结实实的背包。此时，有梦的质感和重量。

这一朵，时而超重时而失重的云。

黎明前打成井字状的呓语与叮嘱。行军途中必备的一块面包。中途卸下来，可以坐在上面小憩的马扎或石头。

压在肩头。使一个人随时成为一个家，一个温情脉脉的掩体，一个战斗单元，一个在呼啸的弹片与弥漫的硝烟之间能够回到自我的帐篷。

温柔的姑娘，用长长手臂从身后揽住的感觉。让你知道有人总是在拉拽你，又在怂恿你。让你犹豫不决，又让你义无反顾。

夜空展开的星光，清晨震落的露水。

帐篷里或树丛中，背包是一片片散发阳光腥味的泥土，翻来覆去的呓语。

在被黑暗打开之前，背包还可以是一个枕头。代替枪，被压在黎明或黄昏的地平。

另一块炸药包。我用它的当量和光芒，把灵魂埋葬在另一块战场。

英雄

英雄身披夜色，从黎明站起，看到这个世界最大的日出。

英雄是在黄昏时分倒下的。他倒下时，被鲜血浸染成火焰的晚霞招展成一面面猎猎战旗。

英雄，就是在那一面面战旗的拂动中，缓缓倒下的。

由于有火焰和风的托举，英雄倒下的瞬间，比我们想象的要慢要轻。

英雄倒下的瞬间，像是一个信念的突然失重。

是的，英雄倒下的过程很慢。英雄是不容易就那么快地倒下的。

英雄倒下之后，我们看见一片沉静的淡蓝色山脉，逐渐自远处的地平线，缓缓隆起。那山脉在抵达我们仰视的高度时，才停止生长。

我相信，英雄躺下的地方，那些山的海拔会被重新测量。山中草木，也会在沃血后迎风疯长。

英雄身中数弹，他献出的热血，就是我们看到的花溪。

在石头和乱草中，英雄最后一次抬头，目睹了这个人类的浩瀚星空。

作为一种精神，英雄不死。

当他的意志，挺过最漫长黑暗的夜晚，最终成为一个时代最动人心魄的情景：

他身披夜的风衣，从黎明慢慢站起。

他眼中的日出，要比我们现在看到的，大好几倍。

战鼓

我的这,地动山摇的心。

是谁,决心要把它摧毁,或者震碎?并以排山倒海、支离破碎之势,竖起大旗。

是谁动员飓风,搬来所有乌云、尘埃和雷霆。

是谁把一道道闪电,投入熊熊烈火重新熔铸,锻造成一柄柄断魂利器。

这被骨头擂出的来自内心的巨大空洞,这被兽皮蒙蔽的源自精神的无限激情。

这沉闷胸膛里击打出的层出不穷的誓言。

这被惊飞的鸟群和激越的马蹄不断激活的,勇气。

声音重复声音,力量叠加力量。

鼓声中,谁说狂风不是一面旗帜,谁说雷霆不是一次誓师,谁说暴雨不是一片血迹,谁说闪电不是一条奇迹?

谁又能说,趟过恐惧的尸首和窒息的暗影,不是一个豁亮的世界?

这是呼吸的一次次接力,这是血液的一次次决堤。

这是我们从那激越鼓声中奋不顾身救出的一颗,勇敢面对死亡的心。

当战鼓擂动,我们眼中的山河,渐次清晰。